小小说美文馆

那些字不会被风忽略

马国兴　吕双喜　主编

郑州大学出版社

图书在版编目(CIP)数据

那些字不会被风忽略／马国兴，吕双喜主编. — 郑州：郑州大学出版社，2021.1(2023.3 重印)
(小小说美文馆)
ISBN 978-7-5645-7539-7

Ⅰ.①那… Ⅱ.①马…②吕… Ⅲ.①小小说-小说集-中国-当代 Ⅳ.①I247.82

中国版本图书馆 CIP 数据核字(2021)第 002656 号

那些字不会被风忽略
NAXIE ZI BUHUI BEI FENG HULUE

策划编辑	郜　毅　吕双喜	封面设计	苏永生
责任编辑	席静雅	版式设计	苏永生
责任校对	胡倍阁	责任监制	凌　青　李瑞卿

出版发行	郑州大学出版社有限公司	地　　址	郑州市大学路 40 号(450052)
出 版 人	孙保营	网　　址	http://www.zzup.cn
经　　销	全国新华书店	发行电话	0371-66966070
印　　刷	三河市鑫鑫科达彩色印刷包装有限公司		
开　　本	710 mm×1 010 mm　1 / 16		
印　　张	10	字　　数	149 千字
版　　次	2021 年 1 月第 1 版	印　　次	2023 年 3 月第 2 次印刷
书　　号	ISBN 978-7-5645-7539-7	定　　价	35.00 元

编委名单

总策划 任晓燕

主　编 马国兴　吕双喜

副主编 王彦艳　郜　毅

编　委 胡红影　连俊超　李锦霞　段　明
　　　　　　孙文然　丁爱红　李　辉　邵钰杰
　　　　　　郭　恒　牛桂玲　马　骁

序

任晓燕

"小小说美文馆"丛书这项出版工程，推举小小说作家，推出小小说作品，推广小小说文体，为进一步推动全民阅读工作常态化、规范化，提升国民素质和社会文明程度，共同建设书香社会，做出了应有的贡献。

纵观我国现代文学史，每一种文体的兴盛都有其复杂的社会文化背景。其中，传媒载体是一个不容忽视的重要条件。如大型文学期刊之于中、短篇小说，报纸文化副刊之于散文、随笔。现代社会，传媒往往引导着阅读的时尚。

当代中国的小小说，也是如此。

仅仅在三十多年前，小小说对于读者来说，还是一个较为陌生的概念。在称谓上也五花八门，诸如微型小说、一分钟小说、超短篇小说、袖珍小说、千字小说、快餐小说、迷你小说等。当时，全国没有一家小小说专业报刊，小小说作品往往作为报刊的补白或点缀，难登大雅之堂。与之相对应，小小说创作大都属于散兵游勇式的业余创作，没有专门从事小小说创作的作家。而全国性的文学评奖，更是从来就没有小小说的一席之地。

在这种情况下，1982 年 10 月，郑州小小说文化传媒有限公司的前身百花园杂志社，敢为天下先，在旗下的文学期刊《百花园》推出"小小说专号"，引起文学界的关注，受到读者的欢迎。此后，1985 年 1 月，《小小说选刊》正式创刊；1990 年 1 月，《百花园》改版为专发小小说的期刊。此外，百花园杂志社还多次举办小小说笔会、评奖等文学活动，先后创办小小说学会、函授学校等民间机构，不断推进小小说作家专集、作品选本等出版项目。

通过业界同仁多年不懈的努力，小小说已从点点泛绿到蔚然成林，以独立的姿态屹立于中国当代文坛，跻身"小说四大家族"，并进入鲁迅文学奖评选序列，在全国各地拥有逾千人的较为稳定的创作队伍，成为广大读者喜闻乐见的文体。

小小说是新兴的文体，又有着古老的渊源，在一定程度上，它与文学的起源密不可分：上古神话传说如《夸父逐日》《嫦娥奔月》《女娲补天》等，就具有小小说精炼、精美的叙事特征；春秋战国的诸子著述，不乏微型珍品；南朝刘义庆的《世说新语》，堪称我国最早出现的小小说集；宋代人编撰的《太平广记》，可谓自汉代至宋初野史小小说的集大成著作；清代蒲松龄的《聊斋志异》，创立古典小小说的高峰；现代鲁迅的《一件小事》等，开启白话小小说兴盛的序幕。

近几十年来，小小说之所以大行其道，是与其同现代生活节奏合拍密不可分的。从这个角度来说，小小说是一种最具有读者意识的文体。同时，小小说受到世人的普遍关注，根本原因在于展示出了宝贵的文学艺术价值。当代中国的小小说，继承了从古代神话到诸子寓言、从史传文学到笔记小说的叙事艺术传统，并与各种艺术形式的美学精神相通相融。比如对意象之美和境界之美的追求，就代表着中国文艺美学的主要传统，它是至高的，也是永恒的，也正是小小说艺术的自我要求。

文学创作的成功与否，不能以篇幅长短而论，最终还是看思想艺术上的成就。诸多优秀小小说作品，言近旨远，微言大义，给读者留下了难以磨灭的印象，其艺术含量和思想容量丝毫不逊于中、短篇小说。所以，小小说最能够、也最便于在读者心灵上打下烙印，原因就在于它的精炼和集中，常常呈现给读者引人入胜或发人深思的典型事件，性格鲜明的典型人物。小小说还是"留白的艺术"，把最大的想象空间留给读者，去回味、创造和补充。小小说对语言的要求很高，诗歌创作中的炼字炼意，对于小小说同样适用。

当代中国的小小说已形成气候，成为一种广阔的文学景观。今日，小小说已步入创作成熟期，以特有的艺术魅力丰富着我们的精神生活，也必将在文学史上留下自己的位置。在此，作为一位"小小说人"，我期望小小说作家像苍穹中的繁星那样，闪烁出五彩缤纷的个性之光。

（任晓燕，郑州小小说文化传媒有限公司董事长，《百花园》《小小说选刊》总编辑。）

目 录

1

2

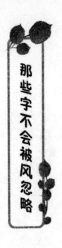
扶贫往事

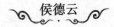

侯德云

一行四人下乡，坐在吉普车里，边走边聊，聊乡下的事儿。

自从全面遏制"车轮上的腐败"之后，很多单位取消了公车，但该下乡还得下。谁都没说下乡不准用私车，对不对？没说，就是可以用。

吉普车是老朱的。老朱当过多年乡镇领导，年前才调入瓦城。鉴于老朱路熟车好，我们三个一致同意，让老朱给我们当司机。

路过复州镇辖区内的一个村子，叫八里。意思是再走八里，就可到达复州。这个村子以种桃出名。油桃、脆桃、黄金桃、久保桃、水蜜桃等，好多种。春天的时候，这个村子还张罗过一场"桃花节"，可以想见，桃树的种植规模有多大。

现在是夏天，正是收桃季节。各路客商的车辆都挤在公路两边，道路一下子窄了很多，车速也放缓了。扭头看车外，除了各种车辆，还能看到各种人各种桃。

四个人的话题里自然而然就有了桃。说桃的价格、桃的味道，说桃的方方面面。

吉普车拧拧巴巴地终于离开八里村，这时话题已经转到樱桃身上。除了桃和苹果，我们这里还是樱桃的种植区嘛。

不管是说桃还是说樱桃,老朱都是主讲。后来才知道,老朱是内行,农大毕业生。

老朱不光说桃、说樱桃,还说了些扶贫往事。

老朱说,他在三台乡当农业助理那会儿,乡里搞扶贫,动员农民栽樱桃。初春,正是植树的好季节,乡干部一拨拨都走下去,挨村动员。大会小会,唾沫星子乱喷,可村民一个个都木着脸,袖着手,似听非听。白给的樱桃树苗没人要。回去一汇报,乡长气得拍桌子,说:"这还了得?翻天了不是!他们不栽,我们栽!机关干部都下去,把树苗栽到老百姓的地里去,非逼着他们富起来不可!"

车内一阵哄笑。

老朱说:"是真的啊,一句假话也没有。"

我说:"真去栽啊?"

老朱说:"那个春天,我们乡政府机关干部,天天栽树,灰头土脸的,一连干了二十多天。"

我在心里感慨,没想到乡镇干部还得上劳动课。

老朱继续说:"你说可气不可气,有的村民,就站在地头上,叼着烟,看你给他栽树,好像这事跟他一点儿关系也没有……"

"后来呢?"

"后来,"老朱说,"四五年后,樱桃结果,市价居高不下,老百姓尝到了甜头,不少人跑到乡政府要樱桃树苗。乡政府又不是苗圃,哪有苗啊?有人看准市场,大搞育苗,狠狠赚了一笔。"

我们三个听众都感慨:"扶贫这事儿,真是不容易。"

老朱又说起他当副乡长期间发生的事儿。

"还是扶贫。这回是大棚蔬菜。"老朱说,"我们在一个村里搞试点,原计划只扶持十户,结果二十多户报名,那个吵啊。没办法,乡里咬咬牙,决定扶持二十户,每户提供一定的资金和技术。棚头房修得那叫敞亮,足够一家人

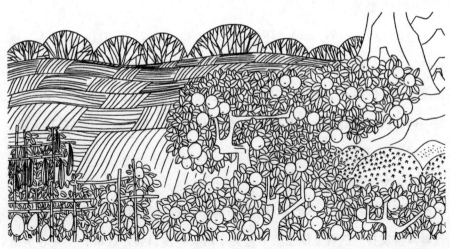

居住。还挖了沼气窖,干净,也节省能源。这事忙了一秋天。入冬,快到过年的时候,一天,我们正在开会,突然听到农用车伴着轰隆声进了政府大院。走到窗前一瞅,我吓了一跳,心说怎么啦这是,谁要闹事啊?一溜三辆农用车,装满青黄的蔬菜,挤在政府小楼门口。每辆车的车斗边沿还坐着两三位壮汉。我赶紧下楼,仔细一瞅,乐了,这不是种植大棚蔬菜的那些人吗?到政府大院来干吗?大伙儿见了我,也乐,说:"'第一批蔬菜下来了,我们不能忘本,给政府送些来,让领导尝尝。'我说:'这扯不扯?送也不能送这么多!'"

我故意问老朱一句:"三车蔬菜,怎么处理的?"

老朱说:"我指挥他们送食堂里了。"

三个听众都笑。

老朱说:"笑什么笑?没白吃!我们哪能占老百姓的便宜?不光没白吃,我随后还给他们联系了几个蔬菜批发商,定期到村里收购。现在那个村,已经是蔬菜大棚专业村了。"

"噢,干得不赖。"三个听众都感慨。

老朱说:"想起这事儿,很开心呐。"

四个人都笑。

老朱沉默了一瞬，又说："还是我当副乡长的时候，遇到过一个怪人。也跟扶贫有关。那年，乡政府决定为水稻种植区内的贫困户补助一些稻种和化肥。挺好的事儿，大伙儿都高兴。第二年春，一天我正在办公，突然'砰'的一声，门被踢开，一个老农冲进来，敲着我的桌子说：'你是不是庄稼人啊？什么时候了，还不送稻种和化肥？'"

三个听众忍不住，还是笑。

老朱说："我抬头一看，认识，就是前一年我的贫困户，老李头。老李头气得浑身发抖。我看见他在腋下还夹了两只蛇皮口袋。这事儿让人心里挺闹的。你说那老李头，那么蛮横，为什么呢？"

我给老朱的三个故事加以概括，得出的结论是："扶贫这事儿，难心，开心，偶尔也闹心。"老朱听罢，连连点头："对对对，就这意思。"

说话间我们已经到达目的地复州镇政府。停车，开门，下车，都沉默不语。大概每个人都在心里合计，不知这次来乡下扶贫，结果会是难心、开心还是闹心。

翠薇，你好

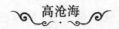
高沧海

　　七号路像一个意外，在清河北路与南路平行推进到城郊时，它凭空从中间冒了出来，全程不过千米，接着就以一个大弯道的姿态跟所有东西向的街道一样，并入了滨河路。

　　它为什么叫作七号路？它的毗邻并没有类似的某某号街道用以排序，也没有以七命名的古迹或者风景，或许命名者是为了怀念一位跟七有关的挚爱吧，不得而知。

　　相比清河北路与南路上车水马龙的繁忙，七号路旁小桥曲廊，红顶小亭，亭下池塘渡鸳鸯，山杜娟、月季、各色蔷薇开得悠闲自在，如美人照水风拂衣。一处雕花石柱和穹廊以坍塌倾斜的模样堆积起巨大的建筑风景，让人衍生出久远空旷甚至不知身在何处的奇妙感觉。

　　七号路是闲暇散步的好去处。

　　如果不是她喊住我，我最多也就看到她穿着橘黄色马甲倚在石柱上吃东西，身边竖着大扫帚。我会想象她的扫帚就是一把诗歌里的六弦琴——左边流来泥泞的尼罗河，幼发拉底河从右边流逝。而我，是落难的牧羊女，等待英雄降临，而不会去在意其他——比如她花白的头发，比如她的三轮车，以及三轮车上的一件深绿色雨衣。

她喊我,姑娘,你从河边来,有没有看到一个老头?她比画着老头的模样,不大高,很瘦,也推着一辆这样的三轮车。

我想了想,说没见。

她自顾说,昨儿晚下了雨,她穿了老头的雨衣,今天要还给他。

这是五月的一个清晨,夜雨初歇天初霁,七号路上,朝花披露,风过留香。她看看我,我看看她,再无话说。仅此而已。

没想到,在我返回的时候,恰好就遇上了那个老头。

之所以如此肯定此老头就是彼老头,是这样的:七号路上,那个老头正站在老太太对面,他不大高,很瘦,手里推着一辆三轮车,人和车都是老太太向我描述的样子。他的三轮车上,正搭着那件雨衣,深绿色的。按理说,此时,我应当目不斜视地继续我的散步,以便让我以最美的姿态随时邂逅我的王子,他们一对老人于我、于我风清月明的世界,实在无关。但我不能那样,我毕恭毕敬地走过去,毕恭毕敬地对那个老头打招呼:"大伯,您好。"

他正是我老家里的大伯。大伯母早就跟我们显摆过,说有福之人莫要忙,你们的大伯老了老了,还有福气来砸脑壳上,这不,摊上一个河边上看家望门、什么力气不要出、什么重活儿不要干,每月好几千元进项的好差事。

大伯看到我,有点惊讶,但他紧接着就喜出望外,他说:"二妮子,是你!"我很羞涩,我说:"大伯,叫我翠薇,翠薇。"大伯说:"啥翠薇呀,打小叫到大,你不就是咱家皮实欢腾的二妮子嘛!"

老太太从布包里掏出一些粽子,说是今早才出锅,煤球炉子上小火炖了一夜,糯米红枣的。

我大伯一份,也给我一份。

老太太说:"老白,好吃吗?"

我口里的粽子差点就喷出去,我大伯姓高,名大壮,但他人自小就长得奇黑,乡人喜顽性,唤作小二黑,但乡人兼秉性厚道,又恐取笑人黑,以后有害人说不上媳妇之嫌,索性颠倒黑白,老少皆以小白老白称之,流传至今,真

名儿倒无外人知了。只是没想到，大伯的"白"，都传到这"可通罗马的"滨河道上来了。

我忍着笑看大伯时，大伯吃着粽子也正在用眼梢瞄我，我继续吃粽子。

老太太从布包里掏出一张纸条给大伯，你看，那个人又给我汇来了钱。

大伯嘴巴里含着粽子，他含糊不清地说："唔，唔，给你，你就收着，赶紧去邮局取了呗，别再到处给别人看了。"

老太太叹口气："这世上还是好人多，知道我最近日子过得有些紧。可这人家是谁啊，我问了，咱这里根本没有这个庄子这条街，我去哪里谢人家。"

我瞥了一眼那张纸。

"汇款人，高——大——壮——"我念出声来。

大伯突然剧烈地咳嗽起来，他手扶着三轮车，腰躬着，脑袋几乎要拱到地上去，老太太慌慌地抚他的背，说，呛着了，呛着了。回头又找水给他喝，又是拿了毛巾替他擦嘴巴擦脸颊。

我转开了眼睛，默默欣赏起身边的雕花石柱，还有大伯他们身上同样的橘黄色马甲。

大伯的好差事，就是养护滨河道上的第十九号公厕及周边环境，夜里让灯光亮起来。前面说过，七号路全程不过千米，接着就以一个大弯道的姿态并入了滨河路。

十九号公厕就在这七号路弯道尽处的滨河路上。

大伯看守他的第十九号公厕，尽职尽责。饭后小憩之时，他在栾树、木槿、白玉兰的旮旯角落里悄悄套种了一些花生。三叶草长得遍地都是，一片一片，远远看去，都是青青翠翠，根本分辨不出其中零星的花生秧苗。秋天的傍晚，我在小清河桥边的集市上见过他几次，人流中，他伸腿坐在装满花生的三轮车边，一边捧打着花生秧上的泥土，一边起劲地吆喝着："顶大个的新鲜花生啊，又香又甜，尝了再买！"

大伯见了我，总是离老远就笑眯眯地打招呼："是翠薇啊，翠薇，你好。"

秋 雨

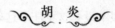

胡 炎

在这个秋雨霏霏的日子,高阳的心情像天气一样阴郁。他没有打伞,冰凉的雨点和湿漉漉的枯叶不时打在他的脸上。那件六年前的旧上衣散发出潮湿的霉味儿,无声地表明了他目前的窘迫。他在这段人行道已经徘徊多日了,目光间或投向对面的小区——准确地说,是小区临街这栋楼的三单元顶层西户。他留意到这户人家好几个晚上一直黑漆漆的,没有一丝灯光。

"最后一次,"高阳在心里说,"干了这一次,以后就彻底收手。"

六年前,高阳因盗窃罪入狱,妻子和他离婚,年迈的母亲离开人世。在度过了六年牢狱生活后,他重获自由,却像街头的一个游鬼。"苍天做证,我真的想做个好人。"高阳想。但是他不知道该干什么,也没地方收留他。他想做个小本生意,可本钱在哪儿呢?有狱友拉他下水,他拒绝了,他的确不想做贼了。

高阳打听到,妻子离婚后,并没有再成家。万般无奈之下,他决定投奔前妻。可他看到的情景让他心头一颤:前妻的租住地家徒四壁,而且她身患重病,无钱医治,几乎是在等死了。

"我是个罪人啊!"高阳给孱弱的妻子跪下了。

妻子流着泪,哽咽道:"你要真改了,我还是你的女人。"

高阳点着头，拉着妻子的手："我改！我改！"

"那就去打工吧，甭管挣多挣少，咱只要干净钱。"妻子说。

高阳在街头彷徨，琢磨着去哪里打工。不能远了，他想，远了就没法照顾妻子。可在这个小县城，又有什么活计好做呢？他要救妻子，妻子的病一定是气出来、累出来的，为妻子看病就是为自己赎罪。他需要钱，很多钱，而且一天也不能拖延。

秋雨顺着他的发丝滑下来，涩涩地钻进眼角。高阳站定在一棵树下，咬了咬嘴唇：不能犹豫了，就让自己最后再做一次贼吧。

凌晨时分，高阳戴着遮阳帽、大口罩和手套，把两只鞋用黑布包了，全副武装潜入了楼道。楼道里静极了，高阳蹑手蹑脚上到七楼，几乎没有弄出一丝声响。他贴在那扇枣红色的防盗门前，侧耳倾听了一会儿，确认里面没有动静，这才拿出开锁工具，让六年前的手感重新回到拇指与食指之间。

就在锁即将打开的时候，楼梯上突然响起了脚步声。高阳听得出，那是粗高跟鞋发出的声音，要命的是，这声音像一团雾气，一直朝七楼飘了上来。高阳无处可躲，只能在那双鞋子到达六楼的拐角前，匆忙扯下身上的伪装，揉成一团装进裤兜里，然后拿出手机放在耳边，做出找人的样子。

高跟鞋的主人终于出现了，是一个很标致的女人，年纪大约三十多岁，两个金耳环在楼道昏暗的灯光下亮闪闪地晃着。她看了一眼高阳，并没对这个深夜里的不速之客表现出过多的惊讶，只是随口问了一句："找人吗？"

高阳心虚地点点头："我可能找错门了。"

他开始下楼，与女人擦肩而过时，他闻到了女人身上淡淡的香水味儿。这时女人突然叫住了他，高阳的心狂跳起来。

"我好像认识你。"女人说。

"不好意思，你大概认错人了。"高阳笑了笑。

"你不是优越路那个配钥匙开锁的师傅吗？"

高阳愣了一下，急中生智地默认了。

女人像是抓住了一根救命稻草："太好了，我刚从外地出差回来，可不巧，我把钥匙弄丢了。我正犯愁呢，你帮我把门打开好吗？"

那扇门正是他锁定的目标，他无论如何也没想到，今晚的最后一次行窃竟然变成了助人为乐。

锁很快打开了，女人递给他一百元钱："谢谢你，不用找了。"

高阳走出楼道，融入清凉的夜雨里，忽然感到一阵轻松。他终于不用做贼了，这也许是天意。明天，他将掏光自己所有的力气，为妻子挣来干净的钱。他在妻子的楼下抽着烟，徘徊了一阵，正要打算上楼，那个熟悉的脚步声竟又鬼使神差地响了起来。他不由一惊，躲在一棵梧桐树后偷看——一点儿没错，来人正是刚才那个请他开锁的女人。

女人轻轻地上楼，高阳悄悄尾随。在三楼一扇锈迹斑斑的铁门前，女人停下了，从口袋里掏出一个鼓鼓的纸包，弯腰向门下的一个小洞塞去。

高阳故意咳嗽了一声，女人显然猝不及防，浑身哆嗦了一下，回头看到是他，表情古怪地示意他不要发声，然后拉着他来到了楼下。

"你是不是在打这家的主意？"女人冷冷地问。

"这话应该我来问你吧，"高阳说，"你想干什么？"

女人叹了口气："当着同行的面，我就不绕弯儿了。刚才看你夜半三更那副德行，就知道你是干什么的了。借你的手，我到那家捞了一把。知道我为什么来这里吗？因为这里有一个苦命的女人，两个月前我来过，可非但一无所获，而且让我难过了几天。你也许不相信，那天我看着昏睡中的女人，哭了。也就是在那一天，我发现我也是一个女人。我只想帮帮她，明白吗？"

高阳呆呆地看着女人的脸，他看到了女人眼神中真实的痛苦。这个漂亮的女人，无疑是同行中的高手。良久，他说："谢谢你，那个可怜的女人，是我的妻子。"

二十分钟后，那个纸包里的钱回到了原来的地方。他们在空寂的街头握手，异口同声地说了四个字："最后一次。"然后，他们的身影没入了无边的秋雨。

兄 弟

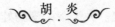

胡 炎

秋风凉了。两个老人牵着手,在街头漫步。他们走得很慢,不时有一两片落叶划过苍老的面颊。

瞎子喘着气,说:"哥,走不动了。"

大奎说:"哥也累了,那就歇会儿。"

路边的长椅上,覆盖着枯叶和灰尘。大奎拿袖子抹了几个来回,又俯下身吹了吹,扶瞎子坐下。

瞎子说:"哥,咱说说话吧。"

"好啊,说说话。"大奎说。他把坎肩儿脱下,披在瞎子身上。瞎子身子骨弱,有点儿发抖。

"说啥呢?"瞎子翻翻白眼球,似乎在努力朝远处看,或者,是眺望遥远的过去,末了感慨一句,"一晃,六十多年了。"

"可不嘛,"大奎点着头,"这一辈子,好像就那么一眨眼工夫,呵呵。"

大奎笑得有点儿凄凉,瞎子下意识地抓住他的手,说:"你牵了我六十多年,哥。"

"应该的。"大奎说,心里轻叹了一声。

瞎子出现在他眼前的时候,他还不到两岁,是个不记事的年龄。后来,

他长大些,才知有人是天生看不见的,就像弟弟。打小,他就是瞎子的拐杖,除了到外地上大学的几年。那年爹死了,垂危时叮嘱他:"牵好你弟弟的手,一辈子别撒开。"他点着头,流了一脸泪。

"哥,那年你打了李狗娃,还记不记得?"瞎子转过脸,"看"他。

"这事儿你还没忘啊?"大奎笑笑。瞎子眼瞎,可心里透亮。

"哥替我出气,我可忘不了。"瞎子也笑了。

那年瞎子六岁,李狗娃这个坏小子装好人,给瞎子指路,结果让瞎子掉进一个沟里,鼻子都磕出了血。大奎踢了李狗娃两脚,让他赌咒。李狗娃指着天,说:"以后我要再欺负瞎子,就让老鸹屙我嘴里!"大奎说:"真是狗改不了吃屎!"瞎子当时抹着鼻血,差点儿笑岔了气。

风似乎停了,就像一个打鼾的人,突然出现了短暂的停顿。就在这个时候,一只豁口破碗伸了过来。

"行行好吧!"碗上下晃着,他们的面前,是一个衣衫褴褛的老乞丐。

大奎把手插进衣兜,瞎子也把手插进衣兜。然后,他们各自掏出一张纸币。瞎子投币的时候,用心摸了摸那只碗,以免投错了地方。

大奎把目光从老乞丐身上收回来的时候,看到瞎子眼角有了泪光。

"咋的了?"大奎边问边用粗糙的手掌替瞎子揩了揩。

"哥,我心里难受。"瞎子哽咽着。

"好好的,难受个啥?"

"这么多年,我就是个累赘。"瞎子捶着大腿,"哥,我把你拖累了!"

大奎拍拍瞎子的背,喉结滚动着:"说啥傻话,你是我弟,我是你哥。"

瞎子摇着头,泪水从干瘪的眼窝溢出来:"哥,你为了我,离过婚。是我害了你,我对不起哥!"

大奎眼眶也潮了,那还是三十年前的事。成家后,他一直带着瞎子,同吃同住。妻子终于受不了,说:"天天伺候个瞎子,这日子没法过了。"他劝,可劝不回。妻子下了最后通牒:"不把瞎子弄出去,咱就离婚!"他咬碎了牙,

硬是和妻子离了。后来再婚,他唯一的条件便是在家里给瞎子留间屋。于是,一个乡下女人,成了他的第二任妻子。几十年,日子过得紧巴。

其间,瞎子手里也曾经有个破碗。冬天,寒风如刀。瞎子跪在街边,举着破碗乞讨。大奎找到他,不由分说把那只碗摔得粉碎。那天,他抱着瞎子,两个人的哭声,压过了北风的呼啸。

"陈年旧事,别再提了。"大奎说,"我和你现在的嫂子,不挺好吗?"

瞎子平静下来,低着头,不说话。有汽车驶过,喇叭声震耳。瞎子忽然想起什么,情绪一下子高了:"哥,前几年你带我逛北京,我这辈子,不亏了!"

大奎知道,那是瞎子的梦。瞎子那阵儿老是自言自语:"北京一定很大吧?听说那故宫里慈禧太后住过呢,那长城都修到云彩眼儿里了……"于是,大奎带上他,坐火车,坐汽车,逛故宫,爬长城,把个大北京逛了个遍。瞎子说,他啥都看见了,真的看见了。

秋风又起,一阵紧似一阵。瞎子袖着手,沉默不语。大奎像搂着一个孩子,把体温熨过去。"回吧。"大奎说。

瞎子没动,沙哑地唤了声:"哥!"

"有话家里说,暖和。"大奎想拉起他,可拉不动。

瞎子得了绝症,没多少日子了。

"哥,有句话,我憋了几十年了!"瞎子一脸郑重。

"你说,弟。"大奎看着他。

"我不是你亲弟弟,"瞎子咬着嘴唇,"十岁那年我就知道了,我是咱爹从外面捡的,可我一直没敢说。"

"为啥?"

"我怕……我怕你知道了,会不管我……"

大奎揽着他,笑了:"傻弟弟,这事儿,打我记事起就知道了。"

他伸出手,牵着瞎子,一步一步走在秋风中。那两只紧握的手,就像一条脐带,任岁月的剪刀张开锐利的锋刃,终也剪它不断。

美丽的学校

芦芙荭

　　新学校动工的那天，村主任特意燃放了几大盘炮仗，那噼里啪啦的鞭炮声将整个村庄的空气都炸得热乎起来，连同那些平日里无精打采的狗叫起来也似乎都精神了不少。除了过年，村子里还从来没有这样热闹过呢，大家都跑出来观望。

　　父亲和他的学生们也都跑了出来，他们站在我家院子的那株桃树下，透过正在绽放的桃花，眼见着他们的学校在一片飞扬的尘土中被一点点地拆掉，变成了一块平地。

　　要建新学校，学生们被父亲带到了我们家，我们家的堂屋成了临时学校。虽然只有十多个学生，桌椅板凳往那一摆，一向宽大的堂屋，还是显得十分拥挤。天气好的时候，父亲索性就在院子里给学生们上课。院子里的桃花开了梨花开，学生们个个高兴得欢蹦乱跳，好像枝头上的鸟儿。

　　学校被拆重建，父亲的心里总有些不舍。这所学校是爷爷一手建起来的。爷爷刚当老师的那会儿，那儿还是一座破庙。爷爷在这所学校教了一辈子书，临退休之前，跑上跑下，总算把那座破庙拆了，建起了现在的学校。父亲从开始教书起，就一天也没有离开过这所学校。他教了老子教儿子。那时，学校多么热闹呀！一百多个学生，把校园撑得满满当当的，一清早学校里就会响起琅琅的读书声。那时,学校还有几个年轻教师,他们教学生唱歌,教学生跳操,有时还带着学生去野外画画。不大的校园,从早到晚都充满了欢声笑语。可现在呢?学生越来越少了,整个学校只剩下十来个学生。准确地说,只有十一个学生。父亲说,等到秋季,有两个小孩再升了初中,就只有九个孩子了,整个学校也只有他一个老师了。再过两年,或许一年,这所学校也许就将不再存在了。想到这些,父亲心里总是酸酸的,想落泪。

那天,村主任找到父亲说了要建新学校的事,父亲以为是自己听错了,或者是村主任酒又喝多了说酒话呢。父亲问:"建学校?"

村主任将父亲递给他的烟点着,狠狠地抽了一口,说:"是的,将老学校拆了重建。一百万,咱要用一百万建一所新学校起来,到时还要配电脑什么的。"

"说胡话。"父亲说。

村主任说:"好老师哩,我是你的学生,我敢在你面前说胡话?"

父亲说:"都没得学生了,还去建新学校,这不是白糟蹋钱吗!"

村主任说:"哪怕是只有一个学生了,这学校也得建。"

村主任问父亲还记不记得村子里的那个传说,说:"1947 年一个小战士身负重伤被转移到我们这里,村民们将他藏在那个小庙里,悄悄请来医生给他看病,过了三天三夜呀,小战士才醒过来。村民们为了让小战士身体早日康复,各家各户都把家里平时舍不得吃的细粮拿出来。就这样,直到一个多月后小战士身体恢复时,大家硬是没让他吃一口粗粮。老师,你知道吗?这件事不是传说,是真的。就是那个小战士将他一生的积蓄捐给了我们,让我们在村子里建一所学校。"

那些日子,父亲心里有种说不出的难受,一个人一生的积蓄呀,却去建一所并没有什么用途的学校,他不知道,建不建是否都是错。这件事已经无法简单地说它是错或对了。

　　春天说来就来了，几天工夫，树绿了，山绿了，整个村子变得一片葱茏。空气就像是从嘴里哈出来似的，暖暖的，润润的。父亲上完课，就会搬张凳子坐在我家的院子里发呆。新学校的建设一天一个样。按照上面规定，新学校要在新学期开学就投入使用。父亲在心里盘算着，要不要去给村里将孩子转走的家长做做工作，等新学校建好了再将孩子们转回来上学。这些孩子的家长几乎都是他的学生，他要真的觍着老脸去求求他们，也许他们真的会同意的。小战士用他一生的积蓄捐建的学校总不能白白地浪费了吧。父亲甚至还打起了我的主意，他说，到时让我和我的媳妇也从城里的学校调回来。我相信，那一刻，在父亲的脑海里，我们村的学校一定又恢复到过去那繁华热闹的样子了。

　　父亲的如意算盘打得并不怎么如意。夏天来临时，又一个学生转走了。这个学生的学习成绩很不错，他的父母出门打工，他就和他奶奶住在一起。哪能想到，他的奶奶突发脑出血死了，他的父母回村给他奶奶办完丧事就带着他走了。尽管父亲再三挽留，甚至向那位家长求情，说让孩子在我们家吃住，可又有什么用呢？孩子的家长说，这怎么可能呀？你给他教书，还在你家吃住，我们没办法还这个情呀！

还有更糟糕的，一起回来奔丧的乡亲中，有人竟然去给父亲打招呼说，等新学期了，他也准备将孩子转走。他说，父母年岁大了，带不了孩子了。那时候，新学校的主体工程已基本完工，父亲将这个家长带到学校，让他看看新学校。新学校真是漂亮极了，教室宽敞明亮，还配有图书室、电教室、音乐室，父亲说到时音乐室还要配钢琴。他甚至还拿我和我媳妇做诱饵，说，等新学期开学，我们也会调回来。

最让父亲熬煎的是暑假，暑假时家长们会把孩子接到城里他们打工的地方住一段时间，这是学生最易流失的一段时间，孩子们会留恋城市，不愿回来。整个暑假，父亲就像热锅上的蚂蚁，一副张皇失措的样子。

开学的前几天，新学校终于全部完工了。父亲站在新学校前欣喜不已，要不是他就站在新学校跟前，他都不会相信这是真的。以前，这样的学校也只能在电视上见到。村主任找到父亲，他告诉父亲，新学期开学，小战士的儿子要来参加开学典礼，到时，县上镇上的领导也都要来参加。

父亲说："十来个学生只怕连一个教室都坐不满呢！"

村主任一边笑一边说："老师，这你就不用担心了。我们已商量好了，到时，我们从镇上学校调些学生过来。不就是个开学典礼吗？我们一定不会让小战士的儿子失望的。"村主任说完一转身走出了门，走进太阳地里。

父亲想说什么，张了张嘴，终究没有说出来。

天气真热，一只知了突然鸣了起来。

扎西跟狼的较量

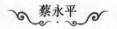

蔡永平

　　20 世纪 80 年代,扎西还是个毛头小伙儿。在县射击队集训了半年,扎西放假了,他去布尔智草原看望舅舅。

　　天蓝瓦瓦的,像水洗过的绸缎;远处的雪山白亮亮的,晃人的眼;牛羊撒在茂密的黄草丛中,像飘游的云朵。扎西跟舅舅放牧,陶醉在大山的美景中。夜幕降临,牛羊归圈。扎西和舅舅躺在火炕上看电视,拉话儿。

　　"嗷呜——"几声长嗥,从对面山头上传来,撕破静寂的夜。扎西腾地坐起身:"舅舅,有狼!"舅舅捋着山羊胡,眯着眼:"这俩东西,天天晚上叫呢。"扎西从墙上摘下舅舅的猎枪,一跃出了院门。黑魆魆的天幕上,布满了亮闪闪的星星,巍峨的群山像一只只巨兽伏在黑暗中。装弹、上膛、端枪、瞄准,扎西一气呵成,"砰",朝着山头放了一枪,天地回响。"嗷呜——"狼又长嗥。

　　扎西瞪大眼跟舅舅说:"狼晚上来,羊会遭殃。"舅舅呵呵笑:"安心睡觉,不会来的。"

　　第二天,扎西和舅舅去阿沿沟放牧。远远的石崖上,有两个黑点儿在活动。舅舅指着黑点儿说:"昨晚就是这俩东西,现在这东西也很少了。"扎西皱着眉问舅舅:"狼在身旁,你不怕它们祸害牛羊吗?"舅舅呵呵笑:"怕啥呢,人不伤虫,虫不伤人,这东西灵泛,轻易不会伤牛羊。"

下午，羊儿回圈，少了两只羊。黑暗罩严了大山，舅舅说："黑咕隆咚的，明天去找。"

第二天早晨，舅舅和扎西赶上羊去阿沿沟，在山坳里寻到了两只血肉模糊的半拉子羊。扎西涨红了脸："狼太坏了，太坏了。"舅舅望着石崖上的黑点儿说："天寒地冻，这东西也是实在没法子呀！"

舅舅赶集去购置生活用品，留下扎西看管羊。扎西背上猎枪，去了阿沿沟。他沿松树林边缘，悄悄摸到了石崖上。两只土黄色的狼斜躺在山坡上，眯着眼晒太阳。"可恶的狼，让你祸害羊！"扎西心中咒骂。装弹、上膛、端枪、瞄准，"砰"，子弹击中了一只狼的肩部，鲜血喷溅出来。

两只狼忽地蹦起来，转头向山顶逃。装弹，上膛，端枪，瞄准，"砰"，子弹又射出，落在后面已中弹的狼，猛然跳起，挡住了子弹，一头栽倒在地上。

等扎西再装弹，上膛，端枪，瞄准时，准星里没了另一只狼的身影。扎西追上去，攀上山顶，岭下是密密匝匝的灌木丛。"嗷呜——"灌木丛里传来狼的长嗥。"便宜你了，恶狼！"扎西挥舞着猎枪，大声吼。

舅舅回来，扎西赤红脸，唾沫星乱溅，向舅舅述说了惊心动魄的杀狼过程。舅舅"吧嗒、吧嗒"抽旱烟锅，喷出浓浓的烟雾："唉，你呀，年轻气盛，祸闯大了，这东西惹不得呀！"扎西举起枪："有我这百步穿杨的枪法，还怕狼？"

那晚，对面山头上狼嗥了一夜，舅舅躺在火炕上辗转反侧了一夜。接下来几天，舅舅和扎西紧跟着羊群，小心提防着狼。那狼突然失去了踪影，晚上也听不到嗥叫。黑暗中，舅舅翻转身："没这东西叫，这夜怎么这么瘆？睡不着了。"

扎西紧握猎枪，心中下决心一定要灭了这只狼。

黑沉沉的云压住了山头，风打着呼哨，雪片乱舞，天冷得要冻掉下巴。下半晌，舅舅和扎西把羊打回头，羊群慢慢流向圈滩。俩人哈着气，跺着脚回了屋子。突然，传来狗"汪汪"的急叫和羊"咩咩"的乱叫。舅舅赶忙出屋，山梁上，狼在追咬羊。

　　扎西提了枪,紧跟舅舅跑上山梁。七八只羊横七竖八躺在雪地里,鲜红的血染红了白雪。那只狼掉头蹿上了山顶,伸出长长的舌头,舔着嘴巴上的鲜血,俯视着山坡。扎西举起枪,枪的射程不够,扎西奋力向上爬。舅舅叫住了扎西:"你追不到它的,算了吧。"

　　舅舅和扎西把咬死的羊背回了屋子,舅舅在山坡上留下一只羊。扎西瞪着眼:"舅舅,你怎么给狼留食物呢?"舅舅苦着满是褶皱的脸:"唉,这东西也是条命呀!"

　　晚上,舅舅把干肉、酥油、炒面装进袋子,递给扎西:"明早,你回城吧,这东西鼻子灵,你走了,兴许就不来了。"扎西歪着头:"我不走,以我的枪法,我一定能灭了狼!"舅舅望着黑乎乎的山峰:"大山里也不能没有这东西呀!"

　　第二天早上,扎西坐上出山的摩托。摩托驶出山谷,扎西听到"嗷呜——"一声长嗥。回头看到山梁上昂头引颈的狼,扎西的头发直竖,脊梁骨发凉。蓦地,扎西懂了舅舅说的话。

黑犏牛

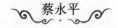

蔡永平

包产到户,生产队抓阄分牲口。王老大打开纸团,一蹦子跳起来,手脚乱舞,哈哈大笑:"我是黑犏牛,我是黑犏牛。"

一头犄角弯曲、眼大如铜铃、全身黑毛如绸缎、身躯健硕的犏牛被牵进了王老大家。王老大的几个崽子拖着长鼻涕,笑嘻嘻地围上来,伸手抚摸犏牛。王老大斜了眼,虎着脸,几个崽子收了手,只眼巴巴地看。

王老大和婆娘利索地把放杂物的小屋拾掇出来,牛住进了屋里。王老大有两个女娃、三个男娃,家里穷得叮当响。这牛,是最值钱的家当了。

王老大和婆娘是肯下力的庄稼人,有了地,有了牛,以后的日子就有了奔头。王老大满是褶子的脸笑成了一朵花。

东边的山头刚泛白,王老大起身披衣,牵着牛去山坳,择草嫩的地头、沟畔,牛伸动舌头,"唰唰"像割草般。太阳升上来,牛的肚子圆鼓鼓,王老大牵牛到小河上游,美美地喝饱水。

起早的村人跟王老大打招呼,王老大眯着眼说:"人不亏牛,牛才会报答人哩。"王老大回家,吸溜着喝了婆娘做的山药米拌面,吆喝着牛,扛起犁铧,下地了。

牛跟人性,干活儿跟王老大一样卖力。王老大"嗨、呔"发布命令,牛支棱着耳朵,甩动尾巴,直行、侧身、停步、转头,人牛合一,心有灵犀。鞭子"啪、啪"

掠过牛身,抽打在地上,这是王老大为牛助威。牛四蹄猛蹬,犁铧像劈波斩浪的小艇,剖开坚硬的土地。半晌,别的牛耕半亩,王老大的牛耕一亩。

下午日头偏西,卸了犁铧,王老大赶牛到小河边,用桶舀水,给牛洗澡、梳毛。牛拿头蹭王老大的身子,嗅王老大的脸,舔王老大的手。

王老大和牛又去山坳。星星满天的,王老大背一捆嫩草,牛跟着回家。这是牛的夜草,牛无夜草不壮哩。

牛屋打扫得像堂屋一样干净,点燃艾草,牛卧在绵软的白土上,"咯吱、咯吱"反刍。晚上,王老大几次起身去看牛,扰得老婆睡不好觉。王老大夹起被子,去牛屋,在牛的反刍声中,呼噜噜睡得香甜。

村人说:"王老大把牛当成爹一样伺候呢。"

王老大和牛的辛劳,带来了丰硕的收获,王老大的庄稼是全村最好的,仓子里的粮食冒尖了。

王老大摩挲牛的脸庞:"有你,啥都有了。"牛仰起头,大眼看着王老大,"哞——"长叫了一声。

村人来借牛,王老大不推辞,絮叨叮咛要好好待牛。牛还回来,王老大扒拉开牛毛细细瞧。有些人家再来借牛,王老大把头摇成拨浪鼓,不借。

这天,王老大去亲戚家。二秃子来借牛,他家的牛犊还不能耕地。婆娘做不了主,经不住二秃子说好话、打包票,借了。

二秃子性子躁,牛鞭"啪啪"地抽在牛身上,牛直哆嗦。牛甩脖子、尥蹶子、耍岔子,地耕得费劲儿。耕了一天,一亩地没耕完。

暮色从谷底弥漫上来,别的地里干活儿的人、牛全回家了。二秃子吆喝牛,牛立在地中不动。二秃子挥起鞭子狠劲儿抽打,牛呼呼喷粗气,眼睛瞪得血红。

二秃子冲上来扯牛鼻子。牛低吼,乱甩牛头,犄角插入二秃子的胸腔,二秃子像风中的纸,鲜血飞溅出很远。

二秃子被人们送到乡卫生院,又送到城里医院。

王老大急急地赶回家,摸着浑身伤痕的牛,长叹气。牛低着头,紧紧靠在王老大身上,像闯了祸的孩子。

二秃子婆娘哭泣着找上门借钱,二秃子做手术要一千多元。

王老大从箱底翻出手帕,一层层打开,一堆零碎的钞票,八十三元,王老大全塞给二秃子婆娘。

二秃子婆娘揣起钱,连声感谢,掉头急急去别的人家。

王老大辗转一夜,第二日早起,牵起牛去集市。

婆娘扯住缰绳不松手:"二秃子明知犏牛习性,下地要一起下,他还打牛,牛才耍性子,是他亏了咱家牛。"

王老大摩挲牛的脸庞:"唉,是咱家牛闯了祸呀!"

王老大掰开婆娘的手,牵起牛欲走。牛四蹄不动,亮亮的大眼睛流出了泪。王老大不敢看牛,扭过头使劲儿扯牛。牛"哞——"一声长叫,一步三回头踏上了去集市的路。

午后,王老大到城里医院,把九百八十元钱交给了二秃子婆娘,二秃子婆娘捧着王老大的手,嘴唇哆嗦着直流泪。

二十天后,二秃子出院。

金灿灿的夕阳下,二秃子牵一头犄角弯曲、眼大如铜铃、全身黑毛如绸缎的犏牛犊,推开了王老大的院门。

玉把件

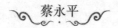

蔡永平

今年晋升高级教师职称的名额给学校分配了一个。学校召开教职工会议,讨论修订《晋升职称管理制度》,教师们群情沸腾,建言献策。胖墩墩的石校长紧绷着脸:"严格按照管理制度,严格按照评审程序,公平、公正、公开,择优推荐晋升人选。"

赵智老师细细研究了《晋升职称管理制度》,心中窃喜,按制度中的历年年度考核等级、考核排名、教学成绩、教研成果、荣誉奖励等方面考评,他的成绩一定能独领风骚,遥遥领先。可他心中惴惴不安,谁知这名额最终会花落谁家!

为晋升高级,赵老师伤透了心,生了一场病。赵老师多年来一直担任毕业班班主任,成绩在全县名列前茅,参加省、市的课堂和论文竞赛,获得过许多荣誉,他是省级骨干教师、市级优秀教师、县级名师……二十多年辛勤付出,成绩斐然。大前年,上任校长洪校长给赵老师做工作,说他要晋升高级,就不要跟他争了;前年洪校长向赵老师诉苦,说局长的小姨子要晋升高级,发扬发扬奉献精神吧;去年赵老师晋升高级的表都填好要上报了,洪校长交给他一封字迹潦草的信,说学生家长反映他课堂上歧视、辱骂学生。他向洪校长申诉,最终却不了了之,这莫须有的罪名让"煮熟"的高级飞走了。后来知道,补上的女老师跟洪校长的关系深着呢!

　　赵老师整晚失眠,头疼欲裂,头发大把地掉,成了秃顶。医院诊断,说是脑神经衰弱,中度抑郁症。赵老师吃了一年多的药,基本痊愈了。现在,又提晋升高级,他的病蠢蠢欲动。

　　学校考核小组按《晋升职称管理制度》,按部就班地展开工作,条件审核、项目核对、量化计分、成绩统计,每一项程序透明公开,每一项结果张榜公示。

　　赵老师放心了,新来的石校长秉公办事呢!

　　发小王有财来找赵老师,他开玉石古玩店,脑子灵泛,人称"小诸葛",生意做得大。赵老师高兴地说了晋升高级的事。

　　小诸葛沉吟:"捉个麻雀,也要撒些秕谷子,你要吸取前几年的教训呀!石校长喜欢玉石,昨天去店里,对一件和田玉把件喜欢得不得了。"

　　赵老师挠头:"不合适吧,石校长是那样的人吗?"

　　小诸葛嘴角一撇:"你呀,书教迂了,天上哪有掉馅饼的美事?你送了,他收了,这事就板上钉钉了。"

赵老师低头，搓手。

小诸葛扳着指头算："升了高级，一月多拿八九百，三四年就把玉把件的钱给挣回来了，以后全是赚的，这买卖赚大了。"

赵老师红了脸，咬着嘴唇点头。

趁月亮没升上来，赵老师揣着玉把件去了石校长家。这玉把件温润剔透，色青白泛亮，雕琢了几朵或盛开或含苞的莲花，底部黄斑点的皮子浑然而成莲的根，古朴灵动。

对赵老师的不期而至，石校长有点儿惊愕。赵老师双手奉上玉把件，一下点亮了石校长的眼。他小心翼翼地把玩，咧开大嘴，没了眼睛，连声赞叹："好玉，玉中珍品！"但他坚辞不收。赵老师急得几乎要哭了，一个劲儿地说："就一块石头，一块石头……"

石校长晃着脑袋，笑眯眯地收下了。

明亮的月亮高悬在天空，汗涔涔的赵老师蹒跚着回家。他内心五味杂陈，只愿不要再出什么岔子。

过了一周，考核结果公示，赵老师排名第一。

赵老师填了表，上报了表，一颗心落到了肚子里。

晋升高级教师的文件下发，赵老师请小诸葛在酒楼吃了大餐。醉眼蒙眬的小诸葛拍着赵老师的臂膀："我的招数高吧，这里面学问大着呢！"

第二天，石校长叫赵老师来办公室，笑呵呵地向赵老师道喜，赵老师连声感谢。

石校长拉开抽屉，取出玉把件，塞给赵老师："君子爱玉，取之有道，完玉归赵。我不收下，怕你睡不好觉，犯病呢！"

赵老师双手接过玉把件，眼睛湿润了。

石校长指着玉把件，紧绷着脸："莲花出淤泥而不染，清廉纯洁，我们要做莲花一样的人！"

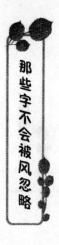
那些字不会被风忽略

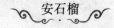

安石榴

如果你不到野外,你就不知道野外有什么。对于什么是野外,你可能有个定式了,我一说了前面那些话,你脑子就会放幻灯片,大片的田野。对,大片田野,还有遥远的山形和近处碧绿的缓坡(实际上你可能永远也不会爬上去),一条默默无声息的大河。如果你还是个注意细节的人,你会发现一些躲过车轮的车前草,大大方方地长在路中央,苍绿又健壮,就像从来没有遇到过针对它们的伤害似的。地头儿上还有野花,说不上多漂亮,可是有人真心喜欢它们一辈子。还有……但说实话,这并不是野外的全部。

一条大河本来绕过城市,折而向北,直奔松花江的。那甩起来的大河湾,做着离心运动,仿佛刻意远离那一块平整土地上的小城市。可是,这个城市也和别的城市一样,绝不放过它。沿着大河湾,在岸边有规划地散落着一些花圃、雕塑、长椅和用废轮胎做的秋千,秋千架做成儿童式样的城堡。这些东西都属于城市,可是它们现在都在野外了,沾了野气,看起来不那么整洁或者娇媚了——它们在城里总是净头净脸的,像个有仆人服侍的小少爷呢。现在它们在野外了,虽然这个地段依然属于江滨公园,可是这里不太有人来,无论是风声还是树木的摇动,都是野外的样子,这些设置就显出萧索凄凉的意思来了。大块的绿色植物和大河,使那些供游人游玩的设施显得被弱化、被忽略了似的。

　　一个大风天吧——其实野外总是有风声的——让你觉得你被世界遗忘了,这的确匪夷所思,但这个小青年就是这么一个情绪呀。他从大坝上跑了下来。这个公园是完善的,有门,也有阶梯连接一个耸立着一匹小白马塑像的小广场、步行栈道。可是这个小青年从大坝上直接跑了下来,越过一片绿意饱满的草皮。他自己并没有意识到这些,只一眼他就看到了那长椅上的两个男人。他们坐在大河边的靠背椅子上,只看到背影,是两个男人。小青年多看了一眼。两个男人坐得很近,基本上肩挨着肩吧,厚实的肩背、厚实的后脑勺,看得出来他们已经上了岁数了。如果他们有心早点相识,那他们可能认识四十年了。如果他们真的相识了四十年,那他们随便什么,拿过来就可以谈论吧?或者,一句话不说,就那么坐着。小青年想到这一层,又看了一眼。他觉得他们挺亲密的,那背影像可以表白一些什么似的。

　　小青年坐了下来,哦,坐在秋千上,他没有荡它,他的眼睛离开了那一对亲密的后背,向茫茫的大河上移动。天气不好,大河灰陶陶的,像是毫无意义的一道子灰尘,只是巨大的、空旷的一道子罢了。将眼睛移开,在岸上搜寻,长长的游览带——俄罗斯松木栈道,竟然一个人也没有。大籽蒿子那么茂盛,青纱帐似的,齐齐地长过了木栈道的栏杆。或许,两个男人的背影因了这个顿显孤寂和渺小了。

小青年垂下头，停了一会儿，他抬起头来，像是忽然看到了什么奇怪的东西，头向前伸了一点儿。原来，他的眼睛停留在秋千架内侧的白粉墙上了。不是说了吗？秋千架是儿童城堡式样的，外面画着一个个彩色的大蘑菇，而内侧本来刷着一层均匀的白粉，可是不知道什么时候，被什么人写满了字，画了些小画儿。有一些短促的句子，比如小明爱小红，还用彩色碳素笔画了丘比特箭。因为不是一个时间、不是一个人写的，字体和颜色都不同。

"你们总是骂小三儿，总是骂小三儿！你们谁也不认为小三儿也很可怜！我就是小三儿，我又有什么错？我就是爱他呀！怎么办啊！"小青年注视着密挨挨挤在一起的字，它们是用绿色碳素笔写的，就像一块四方的青草皮。这时候一股野风打着呼哨响起来了，小青年听着它撞击着秋千架，听得木呆呆的。好半天，就好像他早知道那儿有支笔似的，他从秋千索的铁环里拔出一支记号笔。

"你让我等你五年，可是这五年里，你一次一次地换人，一次又一次……"小青年的眼泪流下来了，流得很多；很快，他也不管，扔了笔，跑开了。他把自己跑成了一个小黑点，消失在大坝上面了。

普通人

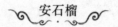
安石榴

　　老王有两个儿子。两个儿子不太一样。王一高壮,大脸盘,大骨架,大高个。老王有时候盯着王一看,还没一会儿,就哈哈大笑,说:你这也太不藏事儿了吧?明晃晃全长身上啦!这里面有个小故事。老王老婆在居委会被服厂工作,一个工作间十几个女人,想想吧,每个女人一台缝纫机,叽叽喳喳,哒哒哒哒,场面相当热闹。王一小学五年级那年暑假的一天午后,到被服厂找妈妈来了,说饿。女人们就全停了机器静静观察。王一妈妈还没开口,女人们"轰"的一下,七嘴八舌嚷嚷开了,让王一去吃烤饼。王一妈妈本来想赶走他,中午吃过饭了嘛。可女人们一呛呛,她就不好意思了,只好拿出一元钱,告诉王一买五个烤饼(两角钱一个)。她这样想的,王一吃两个,剩下三个,晚上父子三人一人一个正好。王一转身出去捧着五个香喷喷的烤饼又回来了,坐在工作间一把闲置的椅子上开吃,几口一个,把五个全干掉啦!

　　王二清清秀秀的。有一张兄弟二人小时候的合照,王二穿着小连衣裙,扎两只冲天小羊角辫儿,美美的一位小姑娘——必是老王两口子喜欢的样子。可长大了,一点儿女人气没有,有一段时间也总是爱问那句著名的话"你瞅啥?"

看起来兄弟二人差异很大,其实也有相同之处。比如,街上忽然传来打斗声,只要一个不在,另一个必定停下自己的事情,哪怕正在蹲厕,也立马恶虎一样冲出去,不问青红皂白。这个例子可能举得不好,可它是事实。普通人有一套自己的活法,这时候通行的教科书没用了,虽然它是正确的知识,然而没用了。两兄弟就这样长大,各自先成家,后下岗,分别去当临时工,轮流照顾生病的父母。到了1991年,他们安葬了父亲,2018年秋天,他们决定将母亲和父亲合葬。

现在,老王的房子王一住着。他有辆工具车——倒腾了N手的"金杯"。王一把车开到楼下,王二就捧着母亲的骨灰盒下来了。恰巧遇到要上楼的老张。老张从前和老王一个国营大厂,干同一工种,电工。老王六级,老张八级。老张一直压着老王半头。老张没事儿爱挤兑老王:"怎么样?你得服哇!"一说这个,老王就气得不行,老张爱看老王生气,他乐呵。老王去世,让老张好一阵寂寞难耐。眼下,老张一看王二那架势就明白了,灵机一动,他说:"我跟你们去吧,看看你爸爸。"

王二看着八十三岁的老张,笑着说:"大爷,能行么?有一段山路走呢。"

老张挥挥胳膊上的肌肉块子——他退休后一直练肌肉,直接上车去了。

老王的葬处在离萨尔浒市郊三十五公里的山上,山下便是浩浩荡荡的

牡丹江水。野水，没有堤坝，没有人烟，只有满目的绿水青山。此处并未设有公墓，这个地界也真让两兄弟当时好个找。老张站定一看，连声叫好。但这个老顽童心里还有个别的鬼心思，他想看看老王的狼狈相。山是个好山，原始森林，古木参天，针阔叶林交织密布。地上厚厚腐殖，兴许已然积了千万年。老张想，老王啊，你被埋在这里二十七年了，雨雪风霜，外加腐殖酸土，指定稀泥汤子一塌糊涂，把你泡得骨灰匣子散了花，骨头渣子都剩不下几粒了，哈哈。

　　两兄弟拿了铁锹铁镐开启，老张上前一打眼就看得个清清楚楚，他愣住了。小小墓穴，也就长八十厘米、宽六十厘米那样吧，规规矩矩的长方形，挨着土的五个面码了红砖，一色儿水泥勾缝，底上铺一层细沙。老王的骨灰盒端坐在左侧，右侧的空位显然是预留的。这不必多说。就说这小小墓穴，哪里像是二十七年前做的？红砖灰缝，崭新如昨，连老王骨灰盒上的红布都像是上一分钟刚盖上去的。这时，两兄弟把母亲的骨灰盒放进去了，两只并排一起，红布一拉，正好都盖上了，端端正正，恩恩爱爱的样子。老张就看呆了，心想原来死后还可以这么像样儿，这么舒坦呀。他看了好一阵儿，突然蹲下去，伸手抓了一把沙子，就跟看到的一样干净，又摸了摸砖壁和水泥勾缝，也和看到的一样凉丝丝，干干爽爽。老王敲了下旁边放着的水泥板墓穴盖，王二像是明白他的意思，说："里面加钢筋的。"

　　老张站了起来，问："谁干的呀？"

　　王二说："我们哥俩。"

　　老张激动了，嘟嘟囔囔半天才囔出来："这两兄弟——这两兄弟——"

　　直到晚上，老张让老伴给倒了一杯酒，二两六十度的北大荒下肚之后，老张才把后半句话补齐了："——了不起呀！"

六零后张学锋

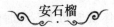
安石榴

　　张学锋"嗷"的一声从妈妈肚子里出来时,正好是 1963 年 3 月 5 日,这一天毛主席写下了"向雷锋同志学习",很快地,这七个大字在全国各地铺天盖地。那时候爸爸正为取什么名字的事情发愁呢,金花一溅,就有了。当日春寒料峭,爸爸乐得鼻涕直冒泡,都忘记去擦了。给儿子取了这么好的名字,他很得意。

　　待到张学锋长大一点——还不记事儿呢,刚会说几句话——就爱看电影。妈妈爸爸抱着他去电影院,他一双小眼睛紧盯着屏幕。银幕上有人喝水,他说:"我也要喝。"银幕上的人吃饭,他在妈妈怀里扭麻花,嚷着饿。爸爸妈妈赶紧哄他,小声许下承诺,安抚他,从来不呵斥他,不打他。胖乎乎的小肉球,多么可爱呀,舍不得打哟。

　　张学锋上学之后,婴儿肥消失也就罢了,不知怎么搞的变成一只泥猴子,整天一身泥一身水的,从这时候开始,爸妈才舍得揍他,天天揍。他可不受着,一揍就跑。爱民电影院就在他家胡同口,他一跑就跑电影院里去了,看电影。一场接一场看,不出来。清场的来了,他躲在巨大的双层窗帘里或者杂七杂八的物件后面——电影院里总有些奇奇怪怪的东西。要说搜不出来,那就太低估电影院的人了,那些拿着大电棒子的人都有侦探潜质,只不

过有时候犯懒，楼上楼下老大的场子，并不细细过筛子。有时候纯粹使坏，单等着闭灯开演，一片漆黑时，一把把逃票的揪出来，一路踹出门去。

要问他是怎么混进电影院的？张学锋并不能说清楚，直到现在回想起来也都是个谜。一角五分钱一张电影票，那是巨款呐，他买不起，他浑身上下没有一分钱。进电影院一靠运气二靠机智三靠皮糙肉厚，并且没有规律没有常规做法，一切结局都是随机发生的。比如你运气好，两个把门人，一人突然有事转身片刻，或者离开一会儿，那么贴着一个观众的一边，以他为掩护，躲开另一侧的检票员，你就成功了。有时候联手，几个人上去挑事儿当掩护，另几个趁乱而入。有时候你徘徊进不去，非常沮丧啊，里面飞机大炮战火纷飞——打仗片嘛！突然地，发现一个边门大敞四开！这通常是在炎热的夏季，某一天实在太热，只好偷偷地把边门打开，你就可以悄悄地从紧闭着的双层金丝绒门帘边摸进去。

也有无论如何都进不去的时候，就破罐子破摔，打骚扰战，成群结队在电影院大门前高唱：

钱广赶大车，给我捎点嘛？

蘑菇辣椒一大车，

钱广的老婆心眼儿就是多，

干嘛多给他两块多？

钱广说，

老娘们家家你懂什么？

他们用了《青松岭》里面的音乐，编了点电影里的事儿乱唱一气，若问这是个啥？他们自己也不知道。可是爱看电影，爱极了，张学锋和他的朋友都确定知道这一点。

后来张学锋长大了，参加了工作，人生第一次开工资，头一笔消费就是买了当晚的电影票。之后几乎天天晚上看电影，谈恋爱更离不开电影院，买两张电影票肩并肩看一场爱情电影，甜蜜至极。但是后来这个爱好还是中

断了。为什么呢？遍布城市的电影院、俱乐部都消失了，纷纷变成结婚礼堂、游泳馆和洗浴中心，一夜之间，仿佛生活中没有电影这回事了。张学锋慢慢也就适应了，再也没看过电影。

现在张学锋退休了，一时无所适从，整天不出屋门，一副病殃殃的样子，宅在家里。儿子孝顺，远程给父母买了电影票。张学锋和老伴去了一次，回来大叹："不是味儿，不是味儿啊！"

老伴儿问他："咋了？咋还不是味儿了？"

张学锋说："你难道没看出来吗？那里不是过去的电影院了，已经不是我们这个年纪的人去的地方了。"

老伴说："怎么就不能去了呢？没人不让你进去呀。"

张学锋叹口气，笑笑说："那倒是，你非要去也不是不行，警察当然不会阻拦。"

张学锋其实心里还憋着一句话，没说，他觉得说不说也无所谓了，谁听呢？反倒不如憋着好一些。但毕竟是想通了。他第二天一早起床就出门了，去大江边。那里有一处沿江公园，是老年人的乐园，看起来很震撼，好像全城的老人都在这里似的。

老伴后来给儿子打电话说："你爸现在玩儿得可乐呵了，整天和一帮老头老太太一起。"

儿子说："这多好啊，这就对了。"

悦见山

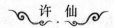

许·仙

　　柏君的骨灰就藏在儿子松子的双肩包里。我带他们乘火车去八百里外的浙东南山区。那是柏君的老家，也是我的老家，但我们不同镇。这是今年春天的事。柏君在遗嘱里说，这是他唯一的心愿。我没有理由不帮他实现，尽管我们离婚10年，但他毕竟是我的前夫、松子的父亲。

　　去浙东南山区的，仍旧是绿皮火车。午后我们抵达县城，在街上匆匆吃了碗面，赶汽车进山，九曲十八弯，回到悦见山下林家漾村时，已近傍晚。山里原本暗得早，淅淅沥沥的小雨，又平添了几分忧愁。松子的爷爷奶奶已在村口候了半天，见到孙子，他奶奶直抹老泪。他爷爷默默地抢过行李，沉重地走在前面。家里准备了丰盛的晚餐，但谁也没有胃口。松子15岁了，已经懂事了。他爷爷让我们早点儿歇着，说明天要起早上悦见山。

　　是夜，隔壁呜呜咽咽，如泣如诉，我也整宿不能入眠。

　　第二天，天蒙蒙亮，我们吃了点儿热的，就出门了。他爷爷带路，我和松子在中间，他奶奶走在最后。我们哑巴似的绕过神奇的林家漾，找到小路上山。林家漾是山脚下一个不大的水潭，为何叫"漾"，不得而知。据说村里早年失踪的人，都是跳进漾里不见的。我们跟着他爷爷在白雾裹腰的山上绕来绕去，原始森林难走，头上冷不丁就浇下一阵小雨。走了个把时辰，松子累了,问我在找什么。我说:"在找你爸的树。"

"我爸的树?"松子不解地问。

我说:"你爸灵魂所寄居的那棵树。"

"迷信!"松子嘴巴一噘,一脸真理化身的表情,很可爱。

无论是性格、神情还是说话口气,松子都像他父亲。我告诉他:"山下那些村里人都相信人是有灵魂的。这是种信仰。他们相信在出生前,他们的灵魂就寄居在山上的某棵树上。你有你的灵魂树,他有他的灵魂树。所以他们稍微长大点儿,就会年年上山来找自己的灵魂树。"松子清澈的双眼望着我:"我爸找了吗?"

"找啦!"我说,"他八岁那年找到的。"

"他是怎么找到的?"

柏君是个诗人,他应该出生在唐朝,而不是当今。虽说他是写现代诗的,但和贾岛一样属于苦吟派诗人,一天能熬制一句诗(而不是一首诗)就狂喜不已。我和他是在省城相识的,因为是老乡,我们非常谈得来,就谈进了婚姻。当时他在市公交公司当司机,开车时经常灵魂出窍——跑去找诗了,出过几次车祸后,就被降为修理员。但作为修理员,他也绝不称职,常常丢三落四,四颗螺帽只拧上三颗是常有的事。最后,他就拎着水桶和拖布,沿着国道去清洗一路上的站牌。即使如此,他对诗的狂热依旧不减丝毫。某天吟得一句"夕颜耽于殉道,耽于攀缘"或"今夜,所有的故事都微张着眼",他就能狂妄到发疯,跟我滔滔不绝。过去,我敬重他,但诗当不得饭吃、当不得衣穿,有了松子后,被生活所逼,我就不得不带着儿子离开了他。不然,我们都会被他毁了。他一天抽两包烟,饮酒无度,购书成癖,家里连生活费都没了,我们还得掐住脖子供他的诗。他不食人间烟火,可我们得食呀!我跟他说了多少年,首先得生活,然后才是诗,但他不听,他说让他放弃诗,不如死了来得痛快。

我是不懂什么叫诗,吟出一句"大地有时也不在地上",这样的诗句有意

思吗？我带松子离开后，柏君依然故我，贫困潦倒，颓废消沉。今年春天柏君病故时，他只给松子留下了半箱子——每张白纸上只写了一句诗的——零散的诗稿。他在生前尚未用这些碎片拼凑成一首完整的诗。我把半箱诗稿收藏了，等松子再大些，他上大学时再交给他。

终于找到了。那是株苍劲奇特的老栎树，冠如华盖。松子的爷爷和奶奶在树下摆上供品，焚香点烛、施酒，祭奠山神和树神。

松子突然叫："那儿有个人！"我问："哪儿？"

他手指着上坡道："那棵树下。""可是没有人呀。"

他爷爷问："是怎么个人？"松子说："老人。"

他爷爷说："柏君八岁那年，就是在这株树下遇到了成年的自己。"他还说："在自己的灵魂树前，童年的你会遇到年老的你，年老的你也会遇到童年的你，因为灵魂是永恒的。"

我听得头皮发麻，浑身起鸡皮疙瘩。

我们将柏君的骨灰撒在老栎树的根部。

我们双手合十，默默祈祷，愿他的灵魂在此安生。

当我们离开时，松子的爷爷带我们去找松子刚才见到过人影的那株树。距离老栎树不远，隔了数株大树。那是株高大的三角枫，孤傲而从容。松子拍拍粗糙的树干说："老人站在这儿，还冲我笑呢，忽然就不见了。"

他爷爷说："那是将来的你。"又郑重其事地说："这是你的树，你的灵魂树。"

松子不信,问他爷爷:"怎么才能证明是我的呢?"

他爷爷从三角枫树上剥下一块手掌大的老树皮,让松子带回去。他爷爷说:"你把泪水滴到它身上,久而久之,它就会在黑夜里开出雪白的花朵。那是食泪花。只有自己灵魂树的树皮,用自己的眼泪浇灌才会开花,你懂了吗?"他爷爷说:"你父亲也有过一块。"

"是吗?"松子将信将疑,双手紧紧地握住它。

返回省城后,那块老枫树皮就成了松子的宝贝疙瘩,他喂以泪水,天天问我啥时候开花。那段时间我忙于把半箱诗稿整理到电脑上,读着这些诗句,我常常落泪。想到悦见山,想到柏君,我对松子说:"那天悦见山上本无风,但我们听到树林的风声,知道为什么吗?因为风声在树的心里。"

松子一愣,夸我挺有哲学头脑的。我说:"这是你爸说的。"

痛

许 仙

在大街上,他被人撞了。

大夏天的,他穿着笨拙,戴着帽子,长袖长裤,大头皮鞋,还戴副白手套,怎么看怎么不像个正常人。撞的是他左肩头。笨拙的他因为这一撞而侧过身去,不得不急忙横跨一步,才站稳。他瞅了眼撞他的人,背影像黑熊,是个外乡人。"切!"他嘴里传出微小的声音。这个有着黑熊背影的男人,顿时半侧过身来,不怀好意地瞪他:"干吗?"

他忙解释道:"不痛,不痛,一点儿都不痛。"

其实撞得有点儿重。他是在外乡人奔跑时,避让不及被撞的。但他真的不痛。他倒希望痛。他就朝"黑熊"笑笑。他笑得有点儿诡异,有点儿幸灾乐祸的味道,让"黑熊"感觉不爽。"黑熊"彻底转过身来,并上前一步,跨到他跟前,质问他啥意思。他竟讨好地说:"你撞重点儿也没事。"

但"黑熊"并不领情,以为对方瞧不起他。

"黑熊"恼怒了,让他把嘴巴放干净点儿。

但他不觉得自己嘴巴脏,傻乎乎地问对方啥意思。

"你切什么切?""黑熊"质问道。

他都不曾注意到自己"切"过一声。如果他真的"切"了,那也不过是

"小意思"的意思，就是说，这点儿碰撞，他根本不在话下。他就是这么向人解释的。"黑熊"顿时红了脸，用一种古怪的口吻问道："是吗？要不要来点儿重的？"他不假思索地脱口道："那就太好了，来吧。"

"黑熊"还真的来了，赌气似的一拳重击在他左肩上。依旧是左肩。他后退了一步、两步……半，才站稳。不知为什么，他隐隐感觉到一丝疼痛，一丝不易察觉到的、稍纵即逝的、但终于让他及时捕捉到的疼痛。啊，多么久违的令人想念的疼痛！患有神经性无痛症的他极度兴奋，内心一阵狂喜。他喜欢这一丝痛感，就像遇到阔别已久的老友，非得拖住他不可。他甚至举起双手，朝"黑熊"挑衅般招手道："再来，再来。"

"黑熊"傻眼了。今天碰到了傻子或疯子，瞧他的穿着就像，谁会大夏天穿成这样？

但"黑熊"想，和傻子说话，你也就成了傻子；和疯子交手，你也就成了疯子。"黑熊"决定放弃，转身离去。

他知道他再不采取措施，就会与这个神奇的外乡人失之交臂，就会与令人神往的疼痛失之交臂……"不可以！"他大喝一声。刚刚那一丝疼痛，让他有一丝前所未有的力量。他有些期待，也有些冲动。他突然出手，将包含这丝力量的拳头，重重地击到"黑熊"左肩上。"黑熊"没料到他会这么干，这足

以令他猛爆粗口："他妈的,你有病呀!"

是的,他有病。

"黑熊"迎头痛击,一拳还到他胸口,还是左侧的那个位置。

他噔噔噔地后退了数步,还是没站住,一屁股坐到了地上;原本一潭死水的心里,突然荡起了涟漪。那涟漪就是疼痛。"有了,有了……"他嘴里像念咒一般叨叨,"就是它,就是它……"切实的痛感让他力气大增,他一跃而起,向"黑熊"扑过去。他就像一辆刹车失灵的汽车,一头撞到"黑熊"的胸口。

"黑熊"忍不住倒退了三四步,才定住身,双手箍住他的脑袋,用力一转,又一摔,他就从侧面摔了出去,摔倒在地上。他敏捷地抱住"黑熊"的右腿,用力一拖,将他拖倒在地上。"黑熊"爬起来时,他一伸脚踢到"黑熊"的裆部,剧痛令他恶向胆边生。"黑熊"骑到他身上,挥舞着双拳,就像武松打虎一般。他大喊大叫:"好呀,你个狗娘养的,太好了!"

人要作死,老天爷也没办法救你。在"黑熊"暴风骤雨般的拳头下,他突然头一别,翘辫子了。

令人匪夷所思的是,他死时一脸灿烂。

超　度

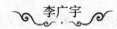

李广宇

李伟从辛集转车的时候，老板的电话追过来，问他收了多少钱。李伟结结巴巴地说了一个数字，老板暴跳如雷，骂得他狗血淋头。挂了电话，李伟心里有火，看什么都不顺眼。这时，迎面走过来一个秃头男人，一身和尚的打扮，穿着蓝布袍，背了一个阿迪达斯的背包，胸前挂着一大串佛珠，走起路来，叮叮当当地响。

见李伟，男人换上笑脸，双手合十，说："施主，你我有缘……"李伟打断他的话，摆手，说："走开！走开！我什么也不买！"男人脸上的笑容僵了一下，却还是笑，变戏法一样从背包里掏出几块像是玉雕的坠子，说："请一个观音吧，都是开过光的。"李伟冷笑，反问："请？请不花钱？"和尚却很从容，大大方方地说："施主要是愿意支持寺院发展，那就更好了。"李伟再次冷笑，说："你别废话了！我还要赶车，不跟你啰唆。"

辛集的长途汽车站很小，人却多，都是外出打工的乡下人。李伟买了票，又买了一个烧饼，坐在候车室里啃，心里还在想着老板骂他的事。

坐在李伟对面的椅子上的，是一群去城里打工的年轻人，他们一边抽烟一边聊天。车站里的安全员跑过来，让他们把烟灭掉。不知怎么就吵了起来，几个年轻人围着安全员大喊大叫，安全员开始还有气势，后来却被年轻人逼得连连后退，最后干脆扭头走了。

几个年轻人哈哈大笑，其中一个不小心碰到了旁边的中年人。中年人本来是睡着的，被碰了一下，人整个儿翻倒在地。年轻人凑上去，似乎准备道歉，突然，年轻人大叫："他死了！"人群"嗡"地一下散开了，但又都没有跑远，大家好奇又恐惧地看着地上躺着的中年人。

李伟挤进人群，终于看清了中年人的面目，脸是铁青的，沾着地上的污渍，眼睛睁着，却已没有生气。李伟大喊道："赶快报警啊！"听这话，周围的人都扭头看他，却没人回应他的话。李伟又气又恼，一边掏手机一边推开人群往外挤。

警察到来之前，车站的安全员跑了过来，人群自动散开一条通道。安全员走近男人，蹲下去仔细看。身后不知谁推了他一把，他差点儿跌到中年人身上。众人哄堂大笑，安全员站起来跳着脚骂，边骂边冲出人群。

一大群人就这么围着死去的中年人，直到广播通知上车，才离开，但很快又有更多的人围上来议论纷纷。李伟站在人群外面发呆，这时他又看到了那个和尚。

和尚挤进人群，走到中年人近旁，蹲下，看了看，然后他伸手拉住中年人的胳膊，用力将中年人拉抱到自己身上。周围的人群发出一阵惊呼。和尚却面色坦然，他将中年人抱放到椅子上。中年人的身体已经僵硬，没办法坐在椅子上，一次次滑下来，和尚就一次次将他推回去。终于，中年人仰靠在椅子上了，一双死鱼般的眼睛却盯着天花板。和尚伸出两个指头，轻轻合上中年人的眼皮。

此刻，中年人仿佛睡着了。灯光下，他看上去平静而安详。和尚直起身，整理一下自己的布袍，面对中年人，双手合十，嘴巴里念念有词。

警察来的时候，候车室里再次沸腾，一片嘈杂。尸体被运走时，李伟发现和尚没了踪影。他从候车室出来，在广场上四处张望，几乎没费什么气力，就看到了和尚的大光头。李伟走过去，和尚还是那张笑脸，双手合十，

道："施主,你我是有缘人……"李伟想不出他为什么总是这句话,但显然和尚没有认出他来。李伟双手合十,说："是啊,有缘。"

此刻,和尚飞快地从包里掏出一个坠子,说："既然有缘,我送你一个玉坠吧。"说完,就把玉坠硬塞到李伟手里。李伟拿着玉坠仔细看,只见玉坠的正面是观音像,背面还有字:好人平安。和尚说："这玉坠已开过光,当官可以保佑你一路高升,做生意可以保佑你每天发财,就是平常人,出门也可以保佑你路路平安。"李伟点点头,还没说话,只见和尚张开手,伸到李伟面前。李伟想了想,明白了,问："多少钱?"和尚倒坦然,说："随施主心意。"

李伟从口袋里掏出钱,放进和尚的手心里。那是一张百元钞票。和尚眉开眼笑,正要道谢,李伟却把玉坠也放回和尚手里。和尚愣住了,呆呆地看着李伟。李伟没说话,转身走了。

隐 者

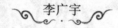

李广宇

　　旅馆在三楼,是在居民楼里改造的,整个一层楼也不过十间客房。李伟把行李包丢在地上,对着空荡荡的接待处喊:"有人吗?"很快就有一个肥胖的中年男人走过来,简单问了问。李伟把身份证递进去,中年男人低头在本子上登记。李伟注意到他手上的墨迹,随口问了一句:"你练书法?"男人没抬头,嗯了一声。

　　李伟住的房间在走廊尽头,房间的窗子对面是一个大房间,墙壁上挂满了字画,屋子中间摆着巨大的桌案,桌案上堆着笔墨。李伟换了外衣再次来到窗前,看见对面房间已经有了人——那个中年男人正在伏案书写,神情专注。

　　小城并没什么风景,李伟只是转车路过这里。旅馆外有很多大排档,人头攒动。边地的风情全在这吃喝里面。在大排档吃饭的时候,李伟接到小美的电话,她一开口就要钱。李伟懒得跟她说话,把手机放在桌子上,自己哧溜哧溜地吃米线,再拿起来,小美已经挂了电话。

　　回到旅馆,李伟看到中年男人正在登记处用刀裁毛边纸,便停住脚步看了一会儿。男人先开口:"客人也喜欢写字?"李伟点点头,说:"赵体。"男人惊讶地抬起头,说:"练赵体的人不多啊,应该是有底子的?"李伟笑了,知道

男人是行家。李伟说："正楷练的颜体，后来学习欧体，只是没耐心。"男人也笑，说："我倒是喜欢欧体。"说着，男人已经裁好了纸，说："客人要是没事，到我屋里坐坐吧。"

男人的书房果然很大，墨香扑鼻。男人给李伟泡了茶，顺便问李伟从哪里来。男人坐在李伟对面，他身后挂着一个斗大的"静"字。李伟好奇，问了一句。男人转身看了看那字，转回来，说："这字是我十年前写的，那一年我辞职。"李伟点头，赞道："好字。"老板跟着点头，说："那时书生意气，才写得出。"顿了一下，又说："这几年反而内心嘈杂。"说完这话，他抬起头，眼神有些呆滞。

一个女人进来，手里提着水果。男人给李伟介绍，说："这是我内人。"李伟笑着招呼。女人很年轻，眉清目秀，绾着头发，穿一件碎花连衣裙。女人极热情，放下水果，请李伟品尝。男人的神情却有些冷淡，问："你怎么这么早就回来了？"女人说："晚上吃饭的人少。"顿了一下，女人像想起什么，说："对了，看到书协的老张了，他请张局长吃饭，还问起你呢……"男人摆摆手打断她的话，不屑地说："他们……哼！"女人撇撇嘴，却没说话，有些冷场。李伟站起来告辞。男人并没有挽留，只是说："有时间再来坐。"

回到房间，李伟站在窗前，看到对面书房里，男人和女人在争吵。吵到激烈处，男人突然从椅子上跳起来，抓住女人的头发，猛地将她按向那张条桌，桌子上的纸笔被撞飞起来。撞了几下，男人又猛打。女人先是挣扎，接着放松了身体，任男人挥拳暴打。男人一边打一边说着什么，女人却再无反抗。

第二天清晨，李伟起得很早，他要赶火车去贵阳。拿着行李到登记处，见女人正在台子上写着什么。女人抬起头，素白的脸上有几块青紫，特意用头发挡着。李伟有些尴尬，女人倒平静，结了账，退了钱，还帮李伟提行李到楼梯口。

那些字不会被风忽略

　　其间，女人问："客人是要去贵阳？"李伟说："是啊。"女人叹口气，说："贵阳好啊，大城市，不像我们这里……原本我们想在那里买房子，想了好多年。"李伟哦了一声，却没说什么。

　　火车上，李伟给小美打电话，小美接了，有些气急败坏。李伟只是自顾自地说："抚养费我会准时转账给你，不用催，以后每个月都会准时到账。"顿了一下，李伟又说："还有，儿子学的那个书法班，停了吧。"

温 锅

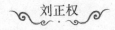

刘正权

黑王寨的人,不是老门老户的,很少有人知道温锅是咋回事。

老门老户的,年纪四十岁以下的,知道温锅是咋回事的人,也不多。

陈六是个例外,四十岁以前就晓得温锅是咋回事,还经常温锅,不管你是老门老户,还是外地落户到黑王寨的。这跟他的身份有关,他是村主任。

谁家起新房、搬新家,会少了他呢? 无形中,他就帮人家温锅了。

温锅是黑王寨祖上传下的一项习俗,过去人穷,起个新房不把家底折腾个大窟窿的基本没有,脸面上的东西会咬着牙添置,余下的都将就对付着使唤。民以食为天,灶上的东西叫主家作了难,经常有人在起的新房里弄个破炉子破锅煮饭。左邻右舍见了,心里不落忍,有多余的锅碗瓢盆就会送过去。没有的也不打紧,去集上买一个,挑个好日子送过去。天长日久,成了习俗,主家自己就挑个好日子,大家都带上厨房的物件,前来捧场,应了那句老话:众人拾柴火焰高。火焰一高,主家肯定得留大家饭,便衍生出一个温锅的仪式,很形象,也很有人情味。

最近的一次温锅,是年前,在捡破烂的老光棍儿大老吴家。

严格地说,那锅温得有点儿勉强,陈六在那儿帮忙收拾,顺便吃了顿饭。大老吴的旧房被纳入精准扶贫改造项目,屋顶盖子全换了,墙壁都刷了白,

门口还打了水泥场子，从头到脚焕然一新，有点儿像过年时的大老吴——帽子是红色的，裤子是红色的，羽绒袄是红色的，只差袖口裤脚没镶白边了，整个一翻版的圣诞老人。

平日里捡破烂，大老吴穿的都是看不出颜色的深色衣服，八百年不洗一次，用陈六埋汰他的话说："他那衣服洗一次，可以肥半亩地。"

陈六那顿饭吃得并不"顺便"，是出了大力气的。大老吴怕他捡回的破烂被狗半夜撕咬了到处丢，非得搬进新屋里，陈六只好留下帮忙，一帮忙就到了饭点上。

大老吴不准他走，说："房子虽是翻盖的，可也跟新沾了边，得温锅。"

陈六说："狗日的大老吴，你会算账啊，我帮你干半天活儿，还搭上钱给你温锅。"

大老吴笑："谁要你搭钱了？这不新家我一人吃没气氛吗？咱们热闹一下。"

买锅碗瓢盆来不及了，随点儿份子钱吧，陈六伸手到口袋里挖，却没挖出一分钱，这才想起，来之前换了下地干活儿的衣服。

大老吴不在意："今天当打箍，等我买了液化气回来，正式温锅时，你再补上。"

打箍和洗厨都是黑王寨风俗，就是做红白喜事前后，请帮忙的人白吃顿饭。

打箍的言下之意,用一顿饭把帮忙的人心给箍住,那样大家才会给你使上劲儿。洗厨就更形象,事办完了,厨房还有没吃完的好酒好菜,帮老板清洗干净。

说到底,图个热闹。

大老吴的锅温完,赶上过年,陈六忙得脚打屁股,直到正月十六那天碰见大老吴从集上回来,他才冷不丁想起来,还欠大老吴一个人情。

黑王寨人都知道,正月十六,大老吴正式上班捡破烂。

跟以往不一样,大老吴这次新衣新帽,抱着一个崭新的包装盒。看陈六骑着摩托车,他老远喊:"正好借你摩托车跑个腿,到寨子下边大老史那儿帮我把液化气钢瓶带上来。"

大老吴肯定要正式温锅了,陈六骑摩托车往寨子下边跑时在心里说,好在他今天身上有钱,随个一百两百,没问题。

带了液化气钢瓶,上了寨子,陈六直奔大老吴家,竟然没半个鬼毛,这温的什么锅?

陈六有点儿恼了,摸出手机给大老吴打电话:"你人呢?请我温锅人却躲着?"

大老吴说:"你还问我,我等半天都不见你人影子。"

陈六奇怪了:"我这会儿明明在你屋门口啊!"

"要死了,瞧我这慌了魂的!"大老吴在那边骂了自己一声,说,"我在村委会呢,你到这里来。"

温锅温到村委会?陈六寻思着,大老吴又想捡什么宝?只要去村委会,大老吴都不会空着手回来。

"大老吴我警告你,别跟我耍心眼儿啊!"陈六气咻咻地赶到村部,大老吴正把双手笼在袖口东张西望,那模样,跟圣诞老人还真的有几分相像。

大老吴很神秘地说:"你把液化气钢瓶卸下来,喏,这儿!"

大老吴说的"这儿"正放着他怀里刚刚抱着的四四方方的包装盒,里面是一个电子打火灶,陈六这会儿看清了。

"啥意思?这是精准扶贫工作组的住房,想让人家工作组给你温锅?"陈六脸一黑。

"瞧你这人觉悟低的,还是村主任呢!"大老吴吸溜一下鼻子,"人家工作组在寨子里精准扶贫一年了,咱们就不能给人家温一回锅?而且啊,这套灶具,我就是专门给他们买的,省得人家拖来拖去的麻烦。"

"专门给他们买的?"陈六有点儿怀疑,"这么多年,可是只见你大老吴从这里领东西回去,第一次看你送东西过来呢!"

"哪天不住工作组了,我就要回去,可以不?"大老吴牙疼似的咧一下嘴巴说。

不住工作组,就意味着黑王寨脱贫了,即将步入小康了。

陈六心里一热,说:"大老吴,你这锅温得我心里都滚烫了呢!"

本草人生之包袱草

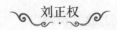
刘正权

三十年前,我十岁,挨了父亲一顿胖打;三十年后,我儿子十岁,挨了父亲一顿熊骂。

都是为一杯包袱草泡制的茶。

父亲是招上门的女婿,多数时候,以病猫姿态示人。难得发一次威,必然得仰仗着什么,这个"什么",跟爷爷不无干系,典型的狐假虎威。

在乡下待久的人都晓得,上门女婿很多时候连老丈人的半个儿子都算不上,顶多,算老丈人的一个影子,还见不得光。父亲却把事情做得很能见光。

他是恼恨爷爷不到六十岁就跟我们分家单过了,六十岁的男人,在乡下,还属于"硬劳力"。爷爷这一分家,相当于把家里肩扛手提的"硬活路"全压在父亲一人身上了。肚子里有气的父亲,自然得找发泄的渠道。

我挨的那顿打,是父亲故意气爷爷的。

节气刚好是白露,我贪图凉快,睡觉露着肚子,应了那句老人言:白露身不露,露了要泻肚。泻肚我不怕,怕的是咳嗽。我的肺不好,只要着凉了,动不动就咳上三两个月,正经八白的"百日咳"。

"找你爷爷咳去!"父亲把我往外一推,下了地,地里的活催着赶着,他没空搭理我。

053

爷爷是个"肺痨鬼",他不到六十岁便分家,既是图过轻省日子,也以治病为名,见天扛着锄头去山上挖包袱草,就是书上说的桔梗。包袱草泡茶,养阴润肺利咽喉。一般人家,不舍得见天喝这茶。桔梗是中药,可以换钱。在乡下,能换钱的东西,都金贵。那个年代,一年到头家里是见不到活钱的。

包袱草泡的茶,味道苦,我喝不下。看爷爷喝得蛮香甜,我疑心他老得舌头没了味觉。

我的咳嗽自然加剧了。父亲狠狠打了我,边打边骂:"我一天到晚累死累活,你还嫌我包袱不够重啊!这么折腾我。"

我哭的声音、父亲打我的响动,都朝着一个方向——爷爷住的小偏屋。

父亲是暗骂,爷爷把我们当包袱一样给甩了。

父亲其实冤枉爷爷了。我们兄妹五个,哪个上学的学费不是爷爷悄悄给的啊?虽然一年只要三块,可那三块,是足以压垮父亲的最后一根稻草。

父亲只顾在田里忙活,压根儿不知道这三块钱的出处。他是招大汉(我们当地对上门女婿的一种戏称),每天埋头苦干之余,有稀饭腌菜填饱肚子,就是人上人了。

果然让父亲熬成了人上人,我们兄妹五个,居然有了个出息之人,在城里安家落户,孩子还随了父亲姓。这个出息之人,是我。

让儿子随父亲姓,也是我的主意,算是对父亲劳碌大半辈子的一种嘉奖。其实我存了心思的,我和爱人,一个不算娶,一个不算嫁,儿子随父亲姓,变相是跟着我姓。

父亲那辈人,招上门时都有说法在前的。先头的儿女随母姓,尾上的子女随父姓。我和妹妹,是尾上的孩子。

吃水不忘挖井人,偶尔,我会接爷爷进城小住,真正意义的小住。爷爷的咳嗽太吵人,痰多,经常憋着憋着憋不住了,一口痰吐在地面砖上。爷爷怕孙媳妇看见,会自作聪明地拿脚踩上去,使劲儿旋几旋。欲盖弥彰不是?那片黑色的污渍,简直是昭然若揭。

父亲这时就来劲儿了，会不轻不重地看一眼爷爷。只看，不吭声儿——那是我的家，他们生分着，拘谨着。儿子很有点儿当家作主的架势，常常指挥父亲和爷爷做这做那的。没办法，爷孙一般大，我们不好插手管。

这种时候，吼儿子跟吼老人没区别。好在爷爷是个知进退的人，不常来。

爷爷最后一次来，是他八十四岁那年八月的尾上。爷爷的咳嗽声到了拿剪子都剪不断的地步，去医院做检查，医生告诉我，病人想吃点儿啥就尽量满足吧。

爷爷那会儿已经不想吃什么了，他嗓子里有股胀气往外翻涌，咕都咕嘟冒着泡儿，根本进不去任何米水。

送爷爷回到乡下，爷爷躺在床上，看着床头的茶瓶，眼睛直勾勾的。

包袱草！我眼睛一亮，爷爷一辈子好这口。

箱子柜里翻腾半天，没找到存货。爷爷没力气爬山很多年了。

"我去给爷爷挖包袱草去！"扛着锄头，我带着儿子上了山。

儿子欢天喜地的,他对死亡气息的接近还没明显的感触。

"包袱草,学名叫桔梗,"我告诉儿子,"朝鲜族有首民歌《桔梗谣》,唱的就是这个包袱草。"包袱草开紫色的小花,这个我印象很深。

上了山,我却傻了眼,山早就开成了耕地,种了桃树李树,草都被农药打死了,哪里还有包袱草?

快快地下了山,正寻思着怎么跟父亲交代呢,进屋,竟然闻到一股带着苦味的淡香。"在哪儿找到这么鲜嫩的包袱草?"我看见一根去皮抽芯的桔梗,白白嫩嫩地躺在开水里。

"你奶奶坟上呗!"父亲不轻不重地看我一眼。当年为给我们交学费,爷爷没能交齐奶奶的住院费。奶奶过世时,爷爷特意在奶奶坟头栽种了包袱草表达歉意,我竟把这件事给忘了。

闻见包袱草的香味儿,儿子发起人来疯,抢了那茶去喝。

父亲是突然发的怒,一把夺过儿子手里的茶杯,黑着脸吼骂:"你太爷累死累活做一辈子,医院都不舍得住一天,你还好意思抢太爷的茶喝!"

我嫌爷爷是包袱了吗?父亲这话,扎扎实实刺痛了我。

谷 日

刘正权

正月初八这天，周志山很早上了黑王寨。精准扶贫到了攻坚阶段，他初七到单位报了个到，就再度扎根黑王寨了。本以为不会惊动任何人的，偏偏，寨子口的大槐树下，四姑婆早早迎在那儿了。

"您这是——?"周志山一怔，停下车。

"老婆子想坐你的车兜兜风，不行啊?"四姑婆大大咧咧地去拉副驾驶的门。

在黑王寨，四姑婆肯坐你的车，那是给你面子。她闺女大凤从省城电视台回来开车要带她转转，四姑婆都以晕车为由拒绝了。

周志山赶紧请四姑婆上车，然后掉转车头。

四姑婆说:"你往哪儿开呢?"

"兜风啊，肯定是往城里开。"

四姑婆说:"你这孩子，看着精明细作的，四姑婆是想围着黑王寨转几圈儿。"

"黑王寨的山山水水哪个旮旯不在您心里啊?"周志山觉得奇怪。

"才不是，大凤初一跟你们录制的节目我看了，感觉都不像我们黑王寨了。"

"像什么?"

"像花果山!"

为了兜风,周志山把车开得很慢。打春了,黑王寨的花花草草虽说还没开,但多少能看出点儿绿。几处农家乐的红灯笼很惹人眼,昔日山高石头多、出门就爬坡的黑王寨,眼下水泥路直接入户。寨子以大槐树为核心,以景布景,辟建了一处约1000平方米的人工小景园。村部东北侧有一座水池,水池周边用形态各异的大石头块围绕,池中水清澈碧绿,是将黑王泉的水导引至暗沟汇流而成的。

车开过一座独柱八卦形基脚、茅草盖顶的凉亭,四姑婆还特意下车来坐了坐。

那是因为凉亭不远处,有一座新盖的约4米高、直径3米的储粮圆仓,仓顶用厚厚的茅草覆盖着,仓壁约0.3米厚,是用黑王寨特有的黄色黏土加掺稻草、麻丝等材料混拌后砌成的,不仅坚固耐用,且耐风吹雨淋,这一仓可储粮十多吨。

四姑婆咂嘴说:"家中有粮,心中不慌!周同志你做得好,就凭这,四姑婆今儿得管你一顿饭。"

周志山笑:"哪能吃您的饭? 您这是让我犯错误。"

"你这是让四姑婆犯错误呢,到寨子里都快两年了,还没端过四姑婆的碗,说得过去吗?"

周志山就知道这个饭必须得吃,就说:"那我跟主任通知一声,我们还有事要商量的。"

"到我家酒桌上商量,一样的!"四姑婆说,"你直接到我家,他这会儿一准儿在。"

看四姑婆说得那么确凿,周志山只好把车往四姑婆家里开。

黑王寨的村干部居然都在,连捡破烂的大老吴、算命的瞎子老五、中医马麦爹都在。

见了周志山，村主任陈六拍着巴掌说："人都齐了，先上香吧。"

上香？啥时陈六也信这个了？

周志山知道四姑婆身上通神，家里供着菩萨，有专门的香房。

四姑婆说："我还没净手呢。"

四姑爷打来一盆水，四姑婆净了手冲周志山说："周同志是贵客，今天就委屈五先生，让周同志第二个净手。"五先生是黑王寨人对瞎子老五的叫法，以示尊敬。

周志山不好拂四姑婆美意，摸了一大早方向盘，手确实有点儿脏了。

大家净手完毕，四姑婆却没进香房，而是用筛子装了一碗稻谷，插着九炷香，端端正正放在院子里一张八仙桌上。周志山这才注意到，八仙桌上铺了大红布。

四姑爷在一边递上火，四姑婆恭恭敬敬点燃香，跪拜下去。

大家伙儿全都跪了下去。周志山没跪，他是共产党员，又是精准扶贫工作组的干部，这种事，避讳都来不及的。避讳不了，就旁观。

九炷香烧完，四姑婆端起那个装稻谷的碗，给每人掌心里发了三颗稻谷，然后大家把稻谷送到嘴边，轻轻咬破谷壳，亮晶晶的大米出来了，一颗，

一颗，一颗，很完整。

四姑婆人老，牙齿掉了大半，咬开谷壳很费劲儿，她用手指甲剥。

一颗，一颗，一颗，很好，也是一颗没破、没断，很完整。

四姑爷吁出一口长气，将剥好的大米收集起来，装进一个小黄布包里，然后架起一架长梯子，爬到正屋的左边廊柱上，那里一溜儿挂着很多小黄布包。

"这是干啥?"周志山扯着陈六衣袖问。

"谷日啊，敬谷子!"陈六说。

"谷子还有生日?"周志山一怔。

"你以为就人和神有生日啊!"陈六笑，"谷子生日还排在神的生日前面呢!"

周志山愈发不解了。

四姑婆这当儿插了话:"有些老风俗，你们年轻人都不懂的，我们要再不延续下去，就得失传，这正月初七是人日，初八是谷日，初九是神日……"

初九是玉皇大帝的生日，周志山知道，因为县城有庙会。

初七的摊煎饼和七宝羹每年都吃，周志山隐约知道跟女娲娘娘第七天造出人有关。谷日，他真是第一次听说。

"谷子是古代最重要的农作物呢，虽说农业大发展了，谷子不再是中国人民的主食，但重视农业和珍惜粮食的习俗，还是必须传承的。"陈六神情很庄严地看着四姑爷往上挂黄布包。

大伙儿正聚精会神地看四姑爷呢，只听扑通一响，周志山跪在了八仙桌前，虔诚地磕了三个响头，然后起身，认认真真从碗里数出三颗特别饱满的稻谷，很端庄地递进嘴里，上下牙一磕，轻轻咬开了谷壳。

一颗，一颗，一颗!

活着活着就老了

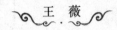

王　薇

　　高哥不仅姓高，长得也高，足有一米九。因为长年开车，晒得黑，单位集体合影他从来都站在最后一排的正中央，双手交叉于丹田，堆出一脸笑，高出左右两边人一大截儿，跟铁塔似的。摄影师端着相机遮住一只眼睛，保持半蹲的姿势一动不动："哎好，领导坐直一点儿，好，穿红衣服的再往里站一站，准备好……一、二、三——"在摄影师即将喊"茄子"之时，"前妻——"高哥的声音一冒出来，大伙儿都跟着笑，之前准备好的表情作废了。

　　我捏着照片的一角，摘下眼镜看，又将它拉远一些仔细辨别，还是无法确认这是哪一年在哪里拍的。是夏天，光线充足，每个人的脸上洒满柔光，衣服颜色也鲜亮，我穿着一条红底杂花的棉布长裙，甩出两条壮实的胳膊。旁边坐着六六，六六穿着一条水绿色的长裙，耳朵上别着一朵鸡蛋花。想起来了，那是 1999 年夏天，单位去海南旅游。

　　六六跟我同岁，那年刚分来，比我晚一年。她私底下问我："高哥比我爸还大一岁呢，咱们为什么不叫他高叔呢？"我说："这你就不懂了吧，你看那些港台明星，谢贤都快七十了，还叫'四哥'呢。"六六点点头："明白了，就是道儿上的人都得叫哥，不能叫叔是吧？"我说："对，也不能叫大爷！"我俩挤在同一个办公桌前，窃笑作一团。

我们单位员工不多,工作清闲,收入微薄,同事之间没什么利益之争,这么多年处下来有了几分亲戚的意思。高哥的办公室在综合科,领导用车他就不在;领导在单位,他就挨个儿办公室溜达。高哥溜达是有次序的,先去年轻女同事的办公室,再去岁数大的女同事办公室,最后去男同事的办公室混烟抽。

办公室还按性别和年龄分吗?是这样的,我们单位在文联的老楼办公,领导和主任有自己的办公室,我们几个后招进来的年轻人在两个办公室,按进来的先后顺序落座,男女也就刚好分开了。

高哥第一个来的办公室里就有我和六六,我们总是不经意地一抬头,发现又高又黑的高哥倚在门口,也不知他站了多久。往往是这样的,我或者六六说:"高哥你吓我一跳!"他不紧不慢地笑着说:"上班时间不兴化妆。""我们也没化妆呀!""没化妆就更不行了,多影响单位形象啊!"

夏天特别热的时候,办公室里没有空调,一盏老旧的台式风扇上班转到下班,还是热。高哥从外面回来,提着一兜冰糕急匆匆走进我们办公室,生怕化了。他敞开袋子往桌上一摊,只动动口型说:"你、俩、先、挑。"我跟六六相视一笑,从各种口味的冰糕里挑选自己喜欢的,也动动口型说:"谢、谢、高、哥!"高哥再拎着塑料兜去往别的科室。

我们单位一年有两次集体活动。一次是春游,万物复苏,春林初盛,高哥带着另外两个年轻的男同事提前一天抵达活动地点,在枝头、草丛、石块下藏好"宝",也就是写有优盘、鼠标、耳机等办公用品字样的便笺条。第二天,抵达活动地点,从车上卸下食物和奖品,"寻宝"活动就开始了。我跟六六东一榔头西一棒子,眼见着别人举着便笺条跳起来欢呼,我俩急得像热锅上的蚂蚁,心越急眼越粗。这时,高哥就会慢悠悠地从我俩身边经过,咳嗽一声,朝某个树枝望去。我跟六六按捺着心中狂喜,循着高哥的目光走向那枝头,一人将枝条拉低,另一人寻找,果然在一个小枝丫处找到夹着一张折成指甲大小的便笺条。

后来每一年的春游,我跟六六都不急不躁,信步于林间花草丛中,循着高哥的目光指引,将藏于树枝高处的"宝"一一收入囊中。也曾问过高哥:"你怎么不去寻宝?"高哥说:"嗨!我找什么,我要找都不如昨天就把纸条揣兜里了多省事儿!这都是哄你们这帮小孩儿玩的!"

另外一次是旅游。坐火车,少则半天,多则几天。每到一站,男同事下车抽烟,高哥就站在月台上敲我跟六六紧临的车窗,一脸焦急地说:"都到站了,你俩怎么还不下车呢!"列车再次启动时,高哥慢悠悠地踱到我们座位边上:"坐火车不兴化妆!""我们也没化妆啊!""没化妆更不行了,出门多影响单位形象啊!"

列车驶过山山水水,车上的同事们聚在一起打牌、看书、喝小酒,或望着窗外绿油油的田野发呆。那样惬意的日子已被我存在春游寻宝得来的优盘里,束之高阁了。越来越不喜欢拍照,今年照片中的自己精气神明显不如往年。

六六说:"年前咱们再去看看高哥吧。"我说好。六六说:"大夫不让他抽烟喝酒,咱们拿点儿钱吧。"我说:"好,怎么都行。"我穿上大衣,收拾好准备出门,推开门走出去的一刻,我停住了,鞋也没换直接转身走到客厅的茶几跟前,拉开抽屉,拿出一盒长白山、一个打火机,装进包里。等我们进了病房,六六会像往常一样看着高哥,用目光引领着他望向我的包,问他:"怎么不去寻宝?"

疼 痛

王 薇

　　家人就是地狱。当这个想法第一次冒出来的时候,方琰想按已经按不住了,它轻飘飘地升到半空,媚笑着看着方琰站在原地伸胳膊跳脚,总是差那么一点儿够不着。

　　房子还是太小了,一百五十三平方米,除了自己的房间,她也无处可去。母亲的地盘是自己的卧室和厨房,父亲的地盘是自己的卧室和露台,客厅和餐厅是三个房间到厨房和露台的必经之地,都在家的时候发生口角纷争在所难免,方琰最怕的就是这两处是非之地。她总觉得自己应该再有一间书房,平日泡在里头看书、听音乐、看电影,虽然这些事情在自己的卧室也能干,到底还是差了层意思。

　　方琰的母亲神经衰弱,睡眠轻如羽毛,她午睡的时候,老伴儿和女儿自觉地把手机调成静音。方琰平时从外面回来都是拿着钥匙"嗒嗒嗒"地开门,从不按门铃,生怕把她妈吓一跳。母亲多年以前便和父亲分房而居,家里哪还有书房留给她?

　　天气好的时候,方琰就成了家里多余的人。父亲在阳台上侍弄花草,听京剧、评书,最近迷上了王更新讲的《明朝那些事儿》——方琰给他下载的喜马拉雅电台,一百七十多集,够他听上一阵子。根雕茶台上泡着雨前龙

井——前不久他学生给送来的，还有几盒木糖醇茶点——方琰淘宝上给买的。母亲起得早，去早市采买新鲜蔬菜、水果，回来就洗菜择菜，水果用淘米水泡上，把前一晚泡好的豆子榨成豆浆，一边跟方琰的父亲说起早市的见闻、菜价的波动。豆浆机轰鸣声一响，声音盖过了方琰床头的闹钟，她得起床了，哪怕是周末休息，或者小长假，她也休想多赖在床上一分钟。母亲是不会敲门叫她起床吃早饭的，而是用各种噪声逼她自己起床，还会在饭桌上说"菜是越热越咸""新米做出来的饭就得趁热吃""老祖宗定下的规矩，到什么时间就得做什么事儿"……傻子也听得出来，这些话是敲打方琰呢，言下之意是：到了吃早饭的点儿了，我们老两口儿等你？等凉了不好吃，再给你热一次？我还得把厨房收拾利索到江边去散步呢，你自己热自己收拾？又浪费水又弄不干净，碗碟放的位置乱了，回来我还得重新归置，倒费二遍事。说一千道一万，你早点儿起来比什么都强。

就这样，每天早晨六点半，方琰像赶火车一样起床，刷牙洗脸后坐到桌前，梦还没退尽，就开始吃早饭了。当然，这仅仅是生活中的一件事。还有

几点钟泡脚,几点钟睡觉,睡觉时手机不能带进卧室以防辐射……

再过两个月,方琰就41岁了,因为一直住在家里,她的生活以及父母对她的态度跟14岁的时候没什么两样。她还是要依母亲脸色行事,要是哪天母亲从外面回来唉声叹气的,一定是谁又问及"你女儿到底想找个什么样儿的啊?"或者哪个不熟的邻居搭上话问她:"给女儿看孩子呢吧?"方琰没结婚这件事,严重地阻碍了母亲生活的完美性。母亲年轻时与婆家鲜有来往,这几年反倒跟着方琰的父亲回去上坟了,背地里还找算命先生看过是不是祖坟哪里不对,要不然怎么高学历、高收入、样貌出众的女儿就嫁不出去呢?

算命先生说:"祖坟对姑娘嫁人没什么影响。"方琰的母亲听完之后,非但没有安心,反而很失落,她多么希望是这方面差点儿什么事,让她花钱做点儿法事化解一下,好歹能过一段有盼头的日子。也能让她在老年大学的舞蹈队里抬起头来,大大方方地说:"不是我女儿有问题,而是他们老方家祖坟影响的。"

方琰的父亲已经好几个月不同她讲话了。父女俩本来也没什么非说不可的事情,生活琐事都由母亲一手打理,父亲只管侍弄好阳台上的花草,听听广播,喝喝茶,按时吃降压药,到江边打打太极。他这辈子,工作上骨气硬,全凭自己本事,退休之后也少不了有学生登门看望。他从不求人,唯独给方琰介绍对象这事儿,他不知拜托过多少学生。结果呢,在这儿摆着呢。时间一长,他就不和方琰说话了。

阅读灯,台灯,书架上国内、国外著作,一字儿排开,还有一格专门放读书笔记的本子。闲来无事,她拿上一块半湿的毛巾一本本书擦。书架上从柬埔寨带回来的圆滚滚的小象、宜家买回来的红色木马,每一样饰物都站在自己的指定地点,不染灰尘杂质。地板上一根弯曲的长发,方琰把它捡起来扔在书架旁边的小垃圾筒里。这洁净如洗的房间,时刻像刚刚迎接归来的主人检阅,也像刚刚送走远行的主人。

方琰走到窗前,透过阳光看到玻璃上有一个黑点儿,她用食指去蹭,没蹭掉，又朝上头哈了口气再蹭，还是蹭不掉。她于是把窗子打开，从外面蹭，黑点儿仍然在那里。她贴上去仔细看，那应该是玻璃里面的杂质，困在透明的处境中无处藏身。它的这一边是方琰的家，有她沉默的父亲、叹息的母亲；它的另一边是大千世界、芸芸众生，里里外外并没有谁能将它拯救。方琰盯着黑点儿，左侧的胸口传来一丝跳动的疼痛。

道　法

盐·夫

　　如同苏东地区这周期性的雨季,时隔一年,朱扬又重新坐到先生面前。每天,先生与很多患者接触交流,来来往往。先生上了年岁,思维与反应不及从前敏捷,以前的人与事,不能很快就忆起。先生看一眼朱扬,感觉有些面熟,于是又看了一眼,这才记起这位乡村兽医。

　　朱扬曾寻过医问过药。其时,朱扬并不谦逊,口若悬河,似乎懂得很多,也很自信,那也是个下雨天,如眼前这般淅淅沥沥地下。先生想问朱扬去了哪里,想一想,觉得多余。如今世界发展迅猛,人们需要学的做的太多。先生也有这种压力,只是复诊有必要得按时按期,需要持续观察。人不能忽视健康,世间啥都可以没有,唯健康不能没有。眼前的朱扬与去年有很大变化,少了点儿激情与自信,多了些沉重与寡言;体型变化最为明显,从胖到瘦,质的变化。看来朱扬创业之路走得辛苦,世间没有轻松的成功,有付出才会有回报,年轻不努力更待何时? 先生支持。

　　一个响雷过后,先生的记忆如同窗玻璃被突然而至的雨水冲刷过一样,渐渐清晰透亮。先生记得朱扬有个"乡村健身"计划,或许是为这个计划操了心,朱扬显得特别消瘦与疲惫。生活条件提高,吃得好住得好偏偏又是运动少,"三高"疾病都是吃多动少的富贵病。朱扬的设想好,这是好商机。城

市人讲健身,乡村也应该讲健身,健身不分地域,不讲贫富。推介健身活动首先自个儿健身,这种做法很好,这是活广告。朱扬能做到这样,说明有毅力,有毅力的人能做大事,先生欣赏。

先生示意朱扬坐下。去年也是这样的天气,天空飘着雨,朱扬就坐在现在的位置上,他把腹部暴露给先生。先生就此与朱扬讨论健康问题,讨论最多的是肾结石的治疗与形成原因。朱扬有轻微肾结石,有时会有疼痛感,他对这个话题特别关心。朱扬兼职兽医工作,对医学知识不能说不懂,多少懂一点儿,他的医学知识大多是从畜牧业类推过来的。他与先生谈论肾结石时,总是以猪羊狗切入正题,先生听得出朱扬对狗宝、马宝、羊宝、牛黄的形成原因、危害性了如指掌,包括市场收购行情与前景。

先生有些蔑视朱扬,不赞同他的观点,两者有共同点,但没有可比性。先生说:"人与动物的结石形成不同,人主要与饮食结构、生活习惯有关。合理搭配饮食结构很重要,多喝水,增加运动量,特别是蛙式前跃运动,这样做结石在形成初期就可以自然排出,防止草酸盐晶体静态沉淀。凡事应遵循规律,顺势而为,防患未然。"

去年朱扬与先生未形成相同观点。朱扬反倒向先生推介"激光汽化结石技术",他说:"这个时代是创新时代,唯有新才能立于不败,要敢于尝试新事物。"先生说:"好。"朱扬说,他有个医生朋友张一刀是这项技术的前沿人物,他说结石在激光照射下,瞬间粉碎,不吃药,不忌口,不必运动,省力省时,一劳永逸。先生说:"创新是好,但不能走火入魔、偏信偏听,唯有提高自身新陈代谢与免疫功能才是养生之道,借助外力非不得已而不为,顺其自然,治本才是重点。"

现在,再次与先生见面,依然是结石话题,先生立刻预知朱扬的结石并未转好。先生觉得奇怪,他的药方痊愈率应在90%以上,看来自己遇上了特例。先生有兴趣,想了解病程,先生掏出了记事本。先生说:"说吧,我记一记。"朱扬开始说了,可先生无法记录,很多词都是对张一刀的谩骂。"狗日

的张一刀,老子阉割你这畜生,一例没有,满嘴喷粪说成功率100%,写狗屁论文也不能拿老子当试验品……我完了,先生救救我。"朱扬突然大声痛哭,上前抓住先生的手,"悔不听先生的建议,悔不该把先生的中药喂猪。"朱扬失控的情绪让先生不知所措。先生说:"别急,慢慢说,会有办法的。"

听完朱扬的陈述,先生也没办法,他这才明白发生在朱扬身上的事,于是一声长叹。刚进门时,先生就看见朱扬屁股上晃荡的瓶子,先生初以为是新潮时尚旅行水壶,现在先生知道不是,而且知道了空气里弥漫尿臊味的真实原因。先生有了对朱扬的同情,但不赞同朱扬的观点,朱扬思想观念有问题。凡事不应急功近利,一蹴而就,按规律办事才是正道。

不过张一刀太不道德,没有百分之百的把握就轻易下刀,这是对患者对生命不负责任,现在结石未能清除,输尿管却被激光烧灼汽化,这是严重医疗事故。朱扬屁股上的装置就是体外尿液收集器。

朱扬像喝醉的酒鬼,愤怒地把收集器敲在诊疗桌上,后面拖着的管道与腰间相连,先生知道管道的另一端穿过腹腔,黏在膀胱上。收集器里的尿液黄澄澄的,像是隔夜加热过的啤酒在晃荡。

先生看着收集器,无能为力,摇摇头。先生唯能观察尿液颜色、气泡、清澈度,看上去似乎正常,只是颜色略深,但并无大碍,根源在于朱扬情绪焦虑,内火下攻,需清心败火。这里的药方上,先生还真有用到牛黄一剂。先生处方刚起头便停下笔,他有话要说。先生说的话让朱扬有了期待,先生有同学是留美医学博士,泌尿系统专家,或许他那边能有办法。

先生的说法,瞬间让朱扬眼睛里闪出亮光。雨停的间隙,朱扬拿起先生的推荐信离开时,几乎是倒着出的门,满是虔诚的感激与醒悟。

先生说:"生有生道,医有医道,凡事皆应道法自然。"

那些字不会被风忽略

点　睛

盐·夫

先生对《临床五诊之法》颇有研究,其境界、造诣与底蕴非庸医者所能望其项背。每每谈及临床五诊,先生必旁征博引,滔滔不绝。

先生说,视诊、触诊、嗅诊、听诊和叩诊,这五法与传统中医"望闻问切"比照,西医以主动为主,中医则是主动被动互动兼备,内外结合,其本质一脉相通,珠联璧合,相得益彰。此法貌似简洁易懂,由表及里,其实博大精深,有上千年文化内涵的沉积,掌握其精髓非一朝一夕所能为。这里面有讲究,是视觉、触觉、嗅觉、听觉、经验、知识面与判断力的综合体现,有理论基础,还得有实践操作技能。一席话,如雷贯耳,使听者茅塞顿开,无不拊掌称奇。"小隐隐于野,大隐隐于市。"先生有如此这般功力与见解,果然名不虚传,说"前无古人、后无来者"言过其实,未必准确,但在上岗镇非先生莫属,尤其叩诊技法,先生独树一帜,为街坊所津津乐道。

先生绝非生而知之,有成功也有失败,先生的成功是集腋成裘的过程。先生有叩击的习惯,看似悠然闲散,其实入木三分。先生的手指如同钢琴师的指尖,在其所接触的物体表面上时不时叩击,对声音异常敏感。钢琴师指尖流出音乐,或行云流水,或大河咆哮;先生的叩击同样不同凡响,内涵丰富,不是音乐,胜似音乐,与"曲不离口、拳不离手"有同工之妙。在有意无意间,先生已练得叩诊的好指法。这是先生分析、思考、警示与判断的过程,也是他的职业习惯。

先生说,人体内脏各部位的"致密度、弹性、含气量和表征间距"各不相同,音乐有"宫、商、角、徵、羽"五音,叩诊也有"清、浊、鼓、实、过清"五声。先生叩诊时,左掌面向下,右手叩击,这里有奥妙与要点,不同频率、力度、部位与病症有不同回响。清音者清,浊音者浊,清不能浊,浊不能清,五音间辨识度很低,变化细微,可意会而难以言传,全凭用心感悟,不同水准与境界的医者有不同的诊断结论,常有"差之毫厘,谬以千里"。

万物一源。先生指法可叩人叩病,也可以叩木叩石叩真伪。曾有不法商家为牟取暴利,以次充好,以假乱真。镇上首富马庆从江南购得红木家具全套,价值数十万,先生应邀前往鉴赏,先生以叩诊之法,轻轻点击便知材质疏松、中空有假,当场验证果然其言不虚。有人高薪聘请先生担任"赌石"顾问,先生未应诺。在乡村,先生不图高官厚禄,不忘初心,治病救人是先生根本。

总说同行是冤家,而先生的医术却从不对同行保密,有好学者求之,先生必倾其所有悉心指导。闲暇之余,先生品茶、读书、下棋、习刀枪剑术,早晚必去鱼龙街,在晨曦或晚霞里,左劈右砍,前刺后挑,其乐融融。练完刀枪剑术之后,特别是晚间,虽不当班,先生不忘顺道去病房巡视住院患者,有病看病,无病谈笑,调节情绪,营造良好的医患关系,先生知道心理辅助治疗也是不可或缺的。每晚十点,先生准时在病房长廊里出现,此时总会聚焦众多目光,远远看去,灯光映照之下,先生鹤发童颜、脚底生风,颇有江湖大侠神韵。先生夜晚短暂的巡视也值得众多患者期待,有意无意间先生也能挽救患者的生命,28床的命就是先生救下的。

28床发病突然,大汗淋漓、脸色苍白、腹部疼痛难忍。先生以叩诊之法,侧耳静听其回音,清浊不分,鼓实不明,肝浊音界消失,先生知道28床病情突发恶化,立即吩咐实施抢救。先生呼喊值班医生,却不见踪影。有人回先生说值班医生已经休息。值班医生的职责是观察住院病人的病情发展情况,

及时处置突发疾病。在位不履行职责，先生很生气，冲向值班医生休息室，踹门而入。值班医生惊恐万分，以为先生是来捉奸的，扑通跪倒先生脚下。看到被单里蜷缩而颤抖的身体，先生不管这等闲事，也不想知道女性是谁，先生关注的是患者安危，他大声喝令："28床，胃穿孔，立即通知外科手术。"

值班医生的不负责行为，已经延误最佳手术时间，先生娴熟而自信的叩诊手法，省略诊断程序与辅助性检查过程，先生知道这是违反医疗规定的，先生或许会面临误诊的风险，而使名誉毁于一旦。但先生并非贸然决策，他的当机立断为手术赢得了时间，先生也知道手术的成功绝非偶然。

先生有高超的医术，理应有更高的升迁，先生却没有选择升迁，这或许与大多数做学问的人一样，先生始终不屑于投机钻营。先生最高职务位至病区主任，先生满足于清贫而充实的生活。病区主任虽有过数次上下沉浮，终究盛名一世，为小镇人所敬仰。先生书房里收藏了众多患者赠送的锦旗或匾牌，也有书法作品，赞美之词跃然纸上，先生知道这是人生价值的体现。先生最喜欢28床赠送的书法作品，28床患者曾为某大学教授、学者、著名书法家，所赠先生书法作品是他封笔之作，先生欣赏其中的精妙之处。书法内容摘自《陋室铭》："山不在高，有仙则名。水不在深，有龙则灵。"诗句看似平淡且为世人所熟知，却在字里行间隐藏着老教授对先生的尊敬。

镇上老辈们都知道，先生名字里有一"龙"字。教授的书法乃一"龙"点睛。

杠　网

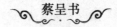

蔡呈书

打鱼七好久不"杠网"了，由于准备过年，村上有两家人杀猪，打鱼七就想讨点儿猪血来"杠网"。

那年头，还没有塑料渔网。打鱼七的渔网，是自己用青麻绞成细绳编织成的。为使渔网耐用，就得经常"杠网"。所谓"杠网"，就是用猪血加鸡蛋搅拌后浸染渔网。被猪血加鸡蛋浸染过的麻绳渔网，就像镀上了一层塑胶，变得杠杠的，经久耐用。

打鱼七很轻松地从村东头儿瘦六哥家讨到了两勺猪血。两勺是不够用的，但又不好多讨，因为主家还得用猪血来灌"猪红"。那个年代的乡俗，无论哪家杀猪，都要把猪血灌到猪小肠里，做成名叫"猪红"的一道美食，然后切成一小截一小截的，与乡亲们分享。

打鱼七打算再到也正在杀猪的自家亲兄弟捞虾六那里讨两勺猪血。不想，在自家兄弟那碰了壁。

"这猪血，谁都可以给，就是不能给你！"捞虾六脸色铁青。

"我给你钱。"打鱼七说。

"你以为有钱就了不起？给根金条也不行！"

肥五兄弟知道打鱼七碰了一鼻子灰，便对他说："我来帮你。"

075

肥五到了捞虾六的家，说是要讨两勺猪血。

"你是帮打鱼七讨的吧?"捞虾六正忙着灌猪红。

"是的。"肥五递给了捞虾六一支烟。

"你要是说你自家用，我给你;你说帮打鱼七讨，我不给。"捞虾六说。

"我就是帮打鱼七讨。"

"你知道，我跟打鱼七不对劲儿。"捞虾六照直说。

"那我跟你关系怎样?"

"好得没二话!"捞虾六也给肥五递了一支烟，并划了一根火柴给他点烟。

"既然我们关系这么好，你就应该给我。"

"关键是你在帮打鱼七讨! 你改口吧，说是自家用。"

"我不改口，就帮打鱼七讨!"

"不给!"捞虾六吐了个烟圈儿。

"没有打鱼七，就没有了我那个狗东西;没我那个狗东西，也可能就没了你那个狗东西了。"肥五说话像绕口令似的。

肥五喜欢把自己的儿子叫作"狗东西"。谁都知道，肥五那个狗东西是村里的骄傲，在县城大医院当医生。村里人得个乡下治不了的病，都得去找狗东西，找过狗东西后都给治好了。每逢村里人夸肥五的儿子，肥五总是谦逊地嘻嘻道:"我家那狗东西，不值得一提嘛!"后来大家都管他儿子叫"狗东西"了。

狗东西小时候在村里的池塘游泳，不幸溺水。当时，打鱼七正好路过，

便奋不顾身地跳进池塘里把狗东西救了上来。肥五很记打鱼七的救命之恩，每当打鱼七有难，必拔刀相助。

有一次，捞虾六家里死了一只鸡，便整来炒了吃。在那个贫困的年代，农村人大凡死了鸡，都舍不得丢，放油炒香了吃，还相当美味。不想，捞虾六的那只死鸡，是吃了老鼠药死掉的。那年月，一年到头不见多少荤腥，他那两岁的儿子见了肉，便没命地吃，结果中了毒。幸好当时狗东西回到村里，知道情况后马上送到人民公社的卫生院，并亲自给他洗胃治疗……

所以，当捞虾六听到肥五那段"绕口令"后便默不作声了。良久，捞虾六还是拗不过弯儿来："道理是这样讲，但一事归一事……"

"到底给还是不给，今日我就听你一句话！"

"不——给。"

"不给拉倒，你看着办！"肥五便大步地朝捞虾六的大门走去。

就在肥五跨出门的那一刻，捞虾六急忙站起来喊道："站住，我给，我给！"

肥五头也不回地走出了门，撂下了一句狠话："我叫打鱼七自己来讨，你要是再跟兄弟斗气，小心我拧断你的头！"

听 雪

尚培元

钱谦益正在书房看书,忽而从窗外传来了窸窸窣窣的声音。细小、轻巧、柔弱,但却非常清晰。

是雪花飘落的声音。

江南的冬季,雪是很少见的,而崇祯十三年的那个冬日,却纷繁错乱地飘落了一场大雪。钱谦益闭上眼睛,陶醉在那绵绵软软的声音里了。

忽然,这一院的冷清寂静被人声打乱了。

仆人进来说,有一书生来访。

钱谦益看了拜帖,上面写着:晚生柳儒士拜见钱学士。

柳儒士?哪里来的儒士?是慕名造访的无名晚辈,还是前来品茗叙谈的儒雅名士?

书生进来了,恭敬地说:"晚生拜见钱学士。"

书生身着一袭蓝缎儒衫,青巾束发,眉目清秀,面色白嫩,有些娇小,也有些瘦弱。

钱谦益忽而觉得,这身影、这声音,似有几分熟悉。

书生浅浅一笑,吟道:"我见青山多妩媚,料青山见我应如是。"是辛弃疾《贺新郎》里的词句。

钱谦益听了,恍然大悟,连声说道:"哎哟哎哟,是柳隐柳姑娘啊。"

书生含笑说:"正是。"

钱谦益又说:"柳隐柳如是,柳姑娘的字,来头真是非同寻常啊!"

书生娇羞一下,说:"两年不见,学士就不认得了吗?"

钱谦益说:"哎哟哎哟,谁能料得,红颜'柳如是'竟变成男儿'柳儒士'了呢?"

结识柳如是,是在崇祯十一年的春天。

那年,钱谦益被削去礼部侍郎之职,离了京师,南归故籍常熟,途经杭州时,慕名拜会了秦淮名妓柳如是。

柳如是刚刚游湖归来,在楼上更衣。客厅里的几案上放着一帧诗笺,是她游玩西湖的新作。

> 垂杨小宛绣帘东,莺花残枝蝶趁风。
>
> 最是西泠寒食路,桃花得气美人中。

钱谦益读罢,称赞说:"这诗句,真是清丽!"

此时,柳如是恰恰下楼,听了便说:"钱学士过奖了。"

钱谦益等她走下楼梯,又说:"柳姑娘真乃才高、情浓、色艳,不愧为秦淮名妓,可否一同畅游西湖?"

柳如是含笑应允了。

钱谦益荡舟西湖,是为了消散烦闷,排遣愁怀。香风习习的花船上,柳如是亦歌亦舞,亦曲亦诗,钱谦益的心境也就豁然开朗了。

天色暗淡下来,又落了几丝细雨,钱谦益令仆人燃起红烛,布下清酒果蔬。微醺,乘兴赋诗,赠给柳如是。

清樽细雨不知愁，鹤引遥空风下楼。

红烛恍如花月夜，绿窗还似木兰舟。

曲中杨柳齐舒眼，诗里芙蓉亦并头。

今夕梅魂共谁语？任他疏影蘸寒流。

读了这诗，柳如是忽而就想，这是钱学士赠给我的情诗吗？

这一丝朦胧的情感，一直珍藏在柳如是心里。就连自己也没有想到，两年之后，她竟会身着儒服，扮作书生，自杭州追到常熟来了。

钱谦益陪柳如是凭窗坐了，一边饮酒，一边雅谈，一边赋诗，一边赏雪。

柳如是小饮一杯，仗着薄薄的酒意，总是在寻找机会表露心迹，而钱谦益却始终不去触碰那个敏感的话题。

柳如是无奈地说："我来常熟，难道只是陪学士饮酒吗？"

钱谦益呷了口酒，说："好酒，味道真乃甘醇。"

柳如是又说："难道只是陪学士赏雪吗？"

钱谦益开了窗扇，看着庭院里飞舞的雪花，言不由衷地说："好雪，声音，真乃美妙。"

柳如是说："落雪，有声音吗？我怎么没有听见呢？"

钱谦益屏了呼吸，低声说："静心，静了心，才能听见。"

这样说着，钱谦益又侧耳细听，却什么也听不见了。

钱谦益的心绪，乱了。

冷风吹进窗口，吹动了钱谦益胸前的一捧长须。

柳如是合上窗扇，说："难道学士嫌我是风尘女子吗？"

钱谦益叹息一声，说："我已年逾花甲，怎敢误了柳姑娘青春。"

柳如是说："我仰慕学士的才情、学士的魅力，年龄，又算得了什么呢？"

钱谦益又叹息一声，说："唉，一介罪臣，怎能有此妄想！"

柳如是忽而高了声音，说："抗清，何罪之有！"

钱谦益终于无处退缩，无法躲避了。

钱谦益凝望着柳如是，许久，缓声说："我爱你'乌个头发白个面'啊！"

柳如是莞尔，也说："我爱你'白个头发乌个面'。"

雪花，飘得紧了，柳如是静立窗前，挽了钱谦益的手臂，忽然就听见了雪花飘落的声音。

近乎无声，却很美妙。

时光，如诗一般，静静流过去了。

甲午之变后，李自成进了北京。崇祯帝自缢于煤山。天下归了大清。钱谦益面临着命运的选择。

钱谦益说："不事新朝，便忠旧主，如何是好呢？"

柳如是果断地说："以死全节，以示忠贞。"

钱谦益听了，面露为难之色。

柳如是又说："你殉国时，我殉夫！"

钱谦益猛地一拍几案，豪壮说道："与红颜柳卿一同赴死，足矣！"

后院里，有一个深深的水池，里面植满了荷花。冬日的荷花池里，荷花

荷叶早已残败,水面上也结了一层薄冰。

柳如是将赴难的地点选在了这里。

朦胧的月光照在荷花池清凉的水面上,柳如是满面凝重,满面悲壮,缓缓说道:"妾身得以与学士相识相知,又得以与学士共赴国难,无憾矣!"

钱谦益伸手试了试水温,却说:"嗯,今夜,水太凉,老夫体弱,不堪寒冷,改日再来吧。"

柳如是冷冷一笑,扑身欲投下去,钱谦益赶紧拖住了。

钱谦益说:"不可。"又缓了声音说:"日后,我带你隐居世外,不事清廷,也算……对得起故朝了。"

柳如是深深地叹息一声。

一日晚间,天空中飘起了细细的雪花,钱谦益戴着红顶花翎从外面回来了。柳如是忽然看见,钱谦益剃掉了额发,脑后拖着一条辫子。

柳如是说:"大明学士,降了清朝吗?"

钱谦益摘下花翎,呵呵笑了几声,说:"这个发型,不是也很舒服吗?"

钱谦益将花翎恭敬放好,又说:"赶紧睡吧,明日一早,随我赴京上任,还做我的礼部侍郎。"

钱谦益躺在床上,听那雪花飘洒在窗外,如诗如歌,似乐似曲。那美妙的声音,一直回响在钱谦益的睡梦里。

柳如是却一步一步,来到后院,来到荷花池边。雪花,大了,稠了,落在荷花池冰冷的水面上,打在残败的荷叶上,丝丝有声。那声音,如一朵圣洁的莲花,开放在柳如是心中。

柳如是听见一片雪花落在水里,"叮"的一声,很是悦耳。随着这一声响,柳如是纵身投入了荷花池里。

香　车

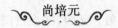
尚培元

苏小小最喜好的事儿，就是坐在小车里游览西湖美景。

小车是苏小小请人专门制作的，很精细，也很讲究，漆油车壁，彩纱围幔，内焚奇香，姐妹们都戏称"香车"。平素，苏小小坐在香车里，由一男童推着，想去哪里，就推到哪里。

离西湖不远的山坡上，是一片繁茂的松柏林，苏小小就住在松柏林中一座幽雅的小楼里。迎湖开了一面窗子，题名"镜阁"，嵌有一联："闭阁藏新月，开窗放野云。"心平气静的时候，苏小小就凭窗眺望涟涟碧波，遥看点点水鸟。苏小小生得娇小，又很虚弱，想去湖边游览，却难以行走于这曲折迂回的山路，走不了几步，就娇喘连连了。于是，便请人制作了这雅致的香车。坐了香车，就可以去得很远。

香车从小楼里缓缓推出，漫游在西湖岸边小径之上，香车灵巧，玉人娇美，穿行在烟云之间，恍若仙家女儿了。

苏小小一路前行，一路信口吐辞，也便成了佳句：

> 燕引莺招柳夹途，章台直接到西湖。
>
> 春花秋月若相访，家住西泠妾姓苏。

苏小小出身于低贱妓家，是母亲与一富家子弟的私生女。十岁那年，母亲去世了，苏小小由妓家姐妹照看养大。耳闻目染，有意无意间，苏小小便习学通晓了诸般妓家本领。十六岁时，苏小小出落得姿色艳丽，气韵高雅，做了钱塘第一名妓。平常的日子里，小楼之下，车马盈门，苏小小在幽雅的小楼里以诗会友，与文人雅士交游酬唱。有时，也引得钱塘望门贵族的公子前来窥视。对于这些，苏小小总是轻淡一笑，并没有放在心上。因为，这些献媚的风流士子多为浮浪子弟。又因，在注重门第的六朝时期，出身娼门的苏小小尽管心比天高，却命比纸薄，注定不会成为贵人。故而，苏小小每日里只顾乘车游湖，放情山水，虽也装欢卖笑，日进千金，却从未动过真情。

冬去春来，莺飞草长。

那一日，童子推着香车，正在湖边曲径上缓缓游走，透过纱帘，苏小小忽然看见一位清雅少年翩然而来。少年骑着一匹青色骏马，衣衫虽是破旧，却是洁净整齐，粉面虽显落魄，但也神清气爽。苏小小一时忘情，秀目凝视着那少年，不觉朱唇轻启，燕语莺声，念出一首好诗来：

　　　　妾乘油壁车，郎骑青骢马。

　　　　何处结同心，西泠松柏下。

少年正自行路，听了这诗句，慌忙下马探问，方知眼前的竟是钱塘名妓苏小小。苏小小的艳名，少年仰慕已久，然而，当他与苏小小车上马下近在咫尺时，却没有流露出惊喜的神态，却显得极为羞惭。

苏小小撩开纱帘，故意逗趣儿说："我观公子双眉紧锁，愁容满面，难道是嫌贱妾挡了你的路径吗？"

少年深深一揖，慢声说道："岂敢，岂敢。"

哧的一声，苏小小就掩口羞笑了。

少年又说："在下姓鲍，名叫鲍仁，乃一穷困书生，放游江湖，衣食无着，又无功名在身，心内愁烦，让姐姐见笑了。"

苏小小见鲍仁彬彬有礼，稳重大方，皱了下眉头，便又拿话试探说："若是跟了姐姐，保你衣食无忧，可好吗？"

鲍仁听了，正色说道："姐姐才高色艳，令人敬仰，鲍仁虽是贫寒，却也不奢望姐姐的荣华！"

苏小小忽地就对鲍仁充满了敬重和爱慕，便想，公子当属风流才子，学识渊博，若得相助，定有锦绣前程。苏小小就说："姐姐念你才高，怜你资薄，赠你一笔钱财，进京寻求进取，可好吗？"

鲍仁闻言，便在车前跪了，发誓说："若得姐姐相济，鲍仁遂愿之时，必当相报！"

苏小小的眼睛里忽地就热了一下，轻声说："姐姐，等你！"

说过了，就令童子取来纹银百两，赠予鲍仁。

西湖岸边，西泠桥畔，香车宝马，载不尽柔情蜜意。

过了三日，鲍仁就到京都建康求取功名去了，而苏小小却把他珍藏在了心里。在之后的日子里，苏小小就有些失魂，也有些落魄，又有些忧伤与孤独。虽然仍是坐了香车游山玩水，但却了无兴致，走不多远，苏小小便觉索然寡味，令童子将她推回小楼里去。苏小小心里紧紧揣着一份期盼。

鲍仁一去三年，不觉间，苏小小已经十九岁了。一些达官商贾欲以重金买她做妾，苏小小仍是一笑了之。因为，鲍仁的名字在她心里早已生根，早已发芽，单等日后开出娇艳的花朵，结出圣洁的果实。苏小小就在西泠湖畔坚守着那一份期盼，坚守着那一份思念！

忽一日，上江观察使孟浪途经钱塘，邀苏小小到船上陪饮助兴。

苏小小回话说："正自观赏梅花，无有闲暇。"

孟浪陡地就生出了一些怒气来，径自到了苏小小居处，他要见识一下这孤傲的钱塘名妓。

苏小小站在"镜阁"窗前,望着湖面,沉沉说道:"妾心已属人三载,大人若是强夺,请将妾的尸身抬去!"

孟浪是个焦躁的官家,更是个风流才子。他见苏小小凛然不从,便缓了声音说:"世人皆知你以才貌著称,美貌果比天仙;若是真的有才,我便饶你。"

苏小小并不多言,只顾观赏着窗外的梅花。孟浪随了苏小小的目光,瞧见窗外梅花竞放,便说:"且以'赏梅'为题,请赋诗来。"

苏小小略加思索,应声吟道:

梅花虽傲骨,怎敢敌春寒?

若得分红白,还须青眼看!

孟浪听了,思索良久,便知趣地离去了。

冬天来了,苏小小因风寒侵骨,咯血的旧病又犯了。苏小小在小楼里挨过了七日,那一缕气息就渐渐弱下去了。弥留之际,苏小小虚了声音,断断续续地说:"鲍郎……为何……不归?"

姐妹们守护在床前,皆掩面悲泣。

苏小小又牵了姐妹们的手说:"我生于西泠,死于西泠,只愿埋骨西泠,全我一片痴情。"

说罢,一缕香魂,饮恨而去。

苏小小的葬礼很是隆重。长长的送葬队伍沿着湖岸小径缓缓慢行,钱塘众多妓家姐妹扶棺痛哭,许多文人骚客、达官巨贾也来为苏小小送行。

队伍最后边,一位官家模样之人,一身丧服,推着香车,且行且悲,口里连唤姐姐,已是泣不成声。

有人识得,那官家,是新任滑州刺史,鲍仁。

煎饼香

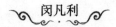

闵凡利

　　男人第一次见女人时，女人还是一掐一汪水的黄花大姑娘。男人走进媒人家时，女人正在帮媒人家滚煎饼，就是把玉米面和地瓜面掺一起，把面和稠，用手托成球，沿鏊子外沿往里滚。女人穿着花格衣，留着大辫子，弯腰时，一条辫子垂在胸前，一条伏在后背上。面球滚动，女人面前都是煎饼的水雾气，蒸得脸潮红潮红的，别有一番妩媚。男人的心一紧。女人用水雾一样的眼睛瞄了下男人，接着又滚她的煎饼，滚得很仔细。

　　那一眼男人就记住了。男人进媒人屋时，又回头看了。女人那时只顾滚煎饼了，面球滚完了，女人拿竹片制成的批子在煎饼上轻轻擀薄、擀匀。女人已坐直了腰，透过煎饼的水雾男人看清女人的长相：呀，正是他喜欢的脸！

　　女人揭下她滚的煎饼，好圆，好薄，纸似的。男人想，就为女人的这一手好煎饼，也要娶她！

　　过了好一会儿，女人才进屋。进屋前，他听到女人抽打身上的灰尘，"啪、啪"，好动听，仿佛每一下都抽打在他身上。

　　女人进屋了，红着脸说："你……你来了?!"

　　他忙站起，有些慌："你坐，你坐。"

屋里就他们俩。媒人刚才出去,说是让小秀过来。这样就是对相了。

小秀坐下了,两手缠搅着辫子梢问:"你……你在什么地方干工啊?"

男人说:"我在供销社里干。"

小秀说:"那可是好单位。可我,是个农业社的。"

男人说:"农村的怕啥?要不是我接了爹的班,我不也是个农村娃吗?"

小秀说:"你是非农业,我是个农业社的,配不上你。"

男人忙说:"我其实就是想找个农业社的呢!……"

男人娶了小秀。小秀来到男人家和在自己家一样,还是滚她的煎饼。男人就爱吃小秀烙的煎饼。吃着那又薄又脆又香的煎饼,男人说:"我之所以决定娶你,就因你这一手好煎饼!"

女人一愣,问:"你不是看上我的俊?"

男人摇头"我见过好几个比你漂亮的,我问:'你会滚煎饼吗?'她们都摇头。我问:'你怎么不会滚煎饼呢?'她们说:'我们找了非农业,天天吃白馒头,就不要烙煎饼了!'"

小秀说:"你就因这个,才不愿意娶她们的?"

他说:"是啊,还有比这更大的理由吗?"

小秀说:"也是。"

男人说:"她们不愿劳动,就想靠自己的漂亮吃白馒头。你想想,这样的女人能要吗?"

小秀想了想说:"你说得也对。"

男人爱吃小秀烙的煎饼。小秀每天最幸福的时刻,就是看男人津津有味地吃自己滚的煎饼。男人吃得很仔细,就是掉个煎饼屑儿,也拾起来放嘴里。小秀嫌不卫生,说:"掉就掉了,不要再拾了吃!"

男人说:"这么好吃的煎饼,我要这么糟蹋了,可对不起我的秀儿啊!"听

男人这么说，小秀心里像喝蜜一样甜。

有一次，男人吃着小秀刚烙的煎饼，说："你烙得太好吃了，我一辈子也吃不够！"

小秀说："那我就一辈子给你烙着吃！"

男人孩子样地给小秀伸出手指说："咱来拉个钩儿！"小秀伸出小指，和男人把钩儿拉了！

男人说："拉钩儿上吊，一百年不许变！"

小秀也说："拉钩儿上吊，一百年也不变！……"

后来，男人的单位越来越不景气。男人脑瓜儿活络，先下了海，自己到县城里开起商店。刚开始，男人让小秀去，小秀说家里有孩子，需她照顾。还有一个最主要的原因，就是她去了县城，就不能好好地给男人烙煎饼了！男人想了想也是，就把女人和孩子留在村里。

男人的生意越做越大。开始是男人叫小秀去小秀不去，后来是小秀想去男人不叫去。因为，那时男人已和店里的一个女孩儿同居了。

直到男人和那个女孩儿生出孩子，小秀才知道，男人已在外面又安了家。

男人对小秀说："咱离了吧！是我对不起你。"

小秀没打也没骂，只是问了男人一句话："你说真心话，你是不是不喜欢吃我烙的煎饼了？"

男人说："不，我喜欢，一辈子也吃不够！"

小秀说:"你既然喜欢吃我烙的煎饼,为什么又喜欢上那女孩儿?"

男人红了一下脸说:"我……我也不知道。"

小秀很长时间不作声,之后叹口气说:"既然你愿离,那就离吧……"

和男人离了后,小秀想了很多。每次想完之后,看看身边的女儿,小秀就叹声气。小秀就回味和男人在一起的日子,随后做出一决定:带着孩子到县城。

小秀在县城里靠烙煎饼来养活自己和孩子。每天天不亮,她就早起用电磨磨粮食,然后再烙煎饼。到下午,60多斤煎饼也就烙出来了。

小秀卖煎饼不到市场,而是去男人现在住的地方。小秀的煎饼好卖,往往用不多大会儿就卖完了。小秀的煎饼原料和别人不同,她往里面加了花生和豆子,烙出的煎饼不光吃着香,还酥软好咬。

每天男人都到很晚才回来,无论煎饼多好卖,小秀都会给男人留六个。而且每天都在门口等着男人,等着把煎饼交给男人再回去。

刚开始,男人不好意思要,说:"咱们已离了呀,我怎能要你的煎饼呢?"小秀说:"我说过的,一辈子给你烙着吃。"

男人想再伤小秀的心,就说:"我那是说着玩的啊!"

小秀说:"我可是当真的!"

男人不好再说什么了,就把煎饼接过来。男人要给小秀钱:"你……你也不容易的,钱,你要收下的!"

小秀就摇头:"我怎能要你的钱呢? 不管现在什么样,你毕竟当过我的男人啊!"

听了这句话,男人的泪止不住就要流。男人想,有泪也不能当着小秀的面流,就强忍着,不让它流出来。可当他转过身时,泪就再也忍不住了……

巨大的阴影

　　我最开始认识王琥珀的时候,她隐瞒了那份令人羡慕的工作,好像那是生命中的一个伤疤。

　　在小县城里,王琥珀其实过得非常优越,旱涝保收,优厚的养老保险,逢年过节可安排旅游;不节外生枝的话,过几年就会结婚生子,一种四平八稳,人人失意后都想要的一种规则人生。

　　嗯,她是一个测绘员,白日里钻进那栋灰扑扑的大楼,日光灯下,埋头伏案,严谨细致。在小县城里,她算体面人。

　　但是青苔总是会爬上阴冷的暗石,嘚嘚瑟瑟地捕捉阳光。王琥珀的心不那么安分了。她喜欢画画,小青苔、喇叭花、光线微弱的台灯、斜阳照不到的窗户,都悄悄地在她笔尖游走。不开心的时候画几笔,开心的时候也画几笔。

　　回到家的时候,她还画梦。也不知道哪来这么多梦,彩色的、精灵的,即便是二十几岁了,她的梦里仍旧有童年的光影。但是测绘工作,只是和线条、直尺、数据打交道,这些虽然和她的梦想保持着某种联系,但是完全限制了她的发展。她色彩斑斓的梦好像被强制抹上了灰色。

　　小县城的年轻人都爱往大城市里跑,听听音乐会,看看展览,以年轻人

为名目的聚会很多。有一年,她遇到了一个出版人,把她那些"梦"印在了书上,那时她也还年轻,很快就出名了。

出版人是个老奸巨猾的男人,让王琥珀继续以天真少女的面目示人,开讲座、做签售。王琥珀过了二十五岁,同龄人都奔着谈论婚嫁去了,但她觉得少女形象更符合自己的作品气质,便继续扮演着。

她顶着天真的皇冠,光明正大地画画了,她骄傲自得地去了更远的城市,和更多的女人男人交朋友。一年年过去,王琥珀已经完全接受了自己是个孩子的想法,并且拥有了孩子般的待遇。走到哪里,别人都喜欢她,宠着她,听她信口开河讲不着边际的梦与画。她再也不用拿着尺子,对着繁复的数据,开始一天的工作。很多人追随她,因为还有人能活得和自己的理想一样,他们钦羡不已。

不管生活是不是一条湍急之河,小县城的那幢灰大楼都变成了巨大的礁石。

王琥珀在工作上犯了两次错误,说起来是数学问题,但是领导和同事都对她有了看法。

直尺、测绘仪、墨水瓶摆在案上,她呆呆地望着这些衣食之源,而灰楼外的天空没有一丝云彩,混沌的灰蓝色,这就是县城的风景。终年累月,都是如此。于是她决定成全自己。

刚辞职的时候,她并没告诉任何人,只是和朋友们不停地相约,天坛、五台山、衡山、庐山,光影和树叶追逐中,人们才疑惑她的闲暇从何而来。王琥珀坦然相告,她言必称艺术家,连画家在她嘴里都是个不入流的人生定位。

她身边又凝聚了一帮人,跟着她漫山遍野地画画,那些画,在外人看来更像是涂鸦。为了坚定信徒们的艺术信仰,她还开设了心灵课程:"你们是用灵魂在画。"

对于反对意见,她自有屏蔽的能力,就这一点,我觉得她具备了成功的素质。

有各种各样的人邀请她上课、吃饭、喝茶。她的年岁渐长，可心态还是一个小女孩儿，住别人家里，贪睡贪吃，高兴了，会在众人面前且歌且舞。

不久，王琥珀研究灵修学了。塔罗牌、天象、水星逆转组合出击。一开始她是自己想知道前程，后来追随者们也跟着她上道，她说"随喜、随喜"。由于募捐者众，她竟不知不觉地聊以度日起来。她就这么天真无邪地步入了中年。没有男人，没有家，没有孩子。

我那一次遇见她的时候，是在书店，她作为嘉宾为别人捧场。她穿了一件袍子，像所有 40 岁女人一样，喜欢选择腰部宽松的服装。她认为自己在转型。她现在谈什么都是离不开钱，或者做出一个拈花微笑的姿势沉默不语。

我们之间话很少，我隐隐觉得不能让她产生亏本的感觉。也许她不需要朋友。

她最终还是把自己绕了进去，她跟众多的人谈星象，画星象，坚持不去学习画画的基本功，素描、水彩，感觉有一点点收获，就放弃了扎实、枯燥的基本功练习。

我在尼泊尔遇见她时，她已经年过六十。她已经长成了让人防不胜防的那种女人，张口就是修为、灵学。她盘腿坐在一根雕花石柱下，身边放着一个摄影包。旁边是趋之若鹜的信徒，要去听某著名法师布道。

那束光从屋顶上折射下来，然后投向了更远的人群，她始终在阴影中，对着那束光微笑，没有照耀到她的身上并非坏事，她用表情告诉来者，无限的接近就是最好。

她打了一个长长的呵欠，好像梦来了，她得抓住。她吞咽了一下，闭上眼睛。在那个阴暗的角落里，她伸了伸脚，我以为她要走出那片阴影，但很快她又缩了回去。没有艰苦卓绝的枯燥训练，人生怎会给你灿烂光明？

但是她管不了那么多了，她把目光投向我，好像认出了我。她做出拈花微笑的样子，然后闭上了眼睛。

蟹 藕

强 雯

在明邻寺的素食餐厅里,有一道名菜,叫蟹藕。

虽为素菜,却有一种肉汁的芬芳。蟹肉白软如玉,夹杂金黄,鲜如淡盐,肉泥藏于莲藕中,略带泥土腥气,微甜腻。

"蟹肉是什么做的?"食者问。

"米。粳米。捣碎之后加玉米屑。蒸软。"因为工序复杂,这道菜也价格高昂,而且每天只供应十份。

为了招揽生意,素食餐厅的余老板在门前做了一个大大的广告:

邂逅常有,蟹藕不常。

——有缘人品味真迹

明邻寺并不是本城最大的寺庙,但山清水秀中,可见缙云山余脉延绵,一度被众香客奉为神庙。

寺院建筑为两进四合院,占地约1500平方米,前院正面大点儿,正塑木雕观音,门口有一副对联:"万感通灵,甘分杨柳枝头露;一心救苦,香散莲花座上春。"寺院后院供奉老君、地藏金像。

明邻寺偏安一隅,虽然规模不算大,兴旺的时候也曾有寺僧二十余人在此居住。

素食餐厅的余老板是信佛之人,惯于商界良久,想寻一方净地修行,便在这个小庙前开了个素食餐厅。宫保鸡丁、素肉馄饨、糖醋藕条、茄汁菜花……不管生意清淡与否,每日都做上几个素菜,有人吃便吃,无人吃便供奉。要是碰上佛诞辰日、佛成道日、佛涅槃日、中元节等,就会奉上十份蟹藕。

明邻寺素食餐厅的名声一传十,十传百,不胫而走。善男信女、商贾名贵趋之若鹜。有的是膜拜了明邻寺后,顺道去点这一道菜,有的是专程而去。

一日,来了一个老先生,慕名而来求一份蟹藕。可惜不巧,当日的蟹藕已经卖完。老先生便求与餐厅老板见一面。

老板和蔼可亲,讲起了明邻寺的渊源。"文革"中,明邻寺遭到破坏,寺僧远走他乡,原建筑上的木料、石料被乡民拆去建房,逐渐破败。20世纪80年代后有缘人出资修缮。

"我吃过一次真正的蟹藕。"老先生说,"生灵涂炭,罪过罪过。"老先生眼睛里放光,且惆怅。

一旁的服务员不懂事地问:"怎么是罪过? 这可是一道名菜,被我们老板创新后,延续至今。"

老先生微微一笑:"你知道蟹藕是怎么来的吗?"

"你没吃过我家的蟹藕,却知道我家的故事?"

老板摆摆手,止住服务员的话头儿。

老先生娓娓道来——

"一千四百年前,唐太宗御驾亲征。那一年全国秋雨连绵,河宽水深,浊浪滔天,重庆也饱受水灾之苦。一群河蟹四处逃生,千辛万苦到达西彭镇,爬到明邻寺蜗居在石缝柱间、金像背后。可是洪水凶猛,还是会把它们无情地冲走。蟹王计上心来,决定脱掉身上的蟹甲,拼得一身肉身苟且,挤进

淤泥里的莲藕之中。只是这脱皮之痛锥心刺骨，很多蟹还没把蟹甲脱完就一命呜呼，最后只有少数的几只蟹得以逃脱，将肉身寄居在莲藕之中，蟹族的生命得到了延续和保全。

"后来洪水退去，有人就吃了那蟹藕，味道真是其鲜无比，令人欲罢不能。更有食客，竭尽所能，把鲜嫩的莲蓬去瓤，截去下底，剜瓤时留下孔；用酒、酱、香料加上河蟹剔下的肉把孔装满，仍用截下的底封住，放到锅里蒸熟，里外还涂上蜜，盛于碟中，其美无比。

"罪过罪过。这道菜最大的特点就是鲜。人对鲜的贪欲永无止境。"

老先生沉默有顷，接着幽幽说道："动物以自己的修行成全了人类的贪欲。"

"后来西彭镇的人口越来越少，孩子们总是夭折，当地人就修了寺庙，一名高僧制止了当地人食用蟹藕，且拜蟹藕为修行的神明。但俗世里，蟹藕的做法还是流传开来。"

"一名和尚发现了这通灵的神物，为了纪念这种修行的艰苦和执着，蟹藕就一直以素食的面目呈现于世人。"

老先生笑眯眯地看定老板，说出一句话："涌身既入莲房去，好度华池独化龙。这就是你做蟹藕的原因。"

沉吟片刻，老板怅然道："先生何日归去？"

"明日酉时。"

"来了也好，我终于可以睡踏实觉了。"老板叹了一口气。

"我们找你已多年了。你隐姓埋名的日子并不舒坦。戴罪修行，不如卸罪修行吧。"

次日，老板提着一个藏了数年的皮箱走向山门，老先生在夕阳中静候。那一箱金条让他改名换姓，苟且偷生了数十年，还是逃不过。罪过难恕，莲房不再，不如散去。

素食餐厅没有了老板，生意依然红火。香客络绎不绝，蟹藕一碗难求。

无人问津

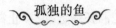

孤独的鱼

    接到电话的时候,吴止渊在老家。电话那头说:"打了三个电话都打不通,主席说,再打不通就开车去接你,无论如何也要把你拉出来!"吴止渊的眼睛潮潮的,声音有点儿哽咽,说:"我……会出来的。"

    这是小城文艺界自发的一次大型聚会,囊括了写作、书画、摄影界的小城翘楚和新锐粉丝。吴止渊很长时间没有参加这样的聚会了,加上人员繁杂,很多人不认识,就很少说话。采风是从弘安检测站开始的,然后仁华汽修,最后到名人驾校。驾校老板有个酒店,简短的采风吹风会后,聚餐就在二楼开始。

    这个时候,吴止渊才见到了相熟的人,一个圆桌上坐的都是小城爱好写作的人。老朋友居多。大家话也多。吴止渊看着大家熟悉的脸和身影,听着彼此暖暖的话语,心里五味杂陈。主席是大家敬重的老大哥式的人物,他的关怀波及在座的每一个人,无论是相伴走来十几年的老朋友还是新近破土而出的自媒体大咖,主席都应付自如。主席端起面前的酒杯,举起来,说:"止渊不喝酒,端茶,其余的人请把面前的酒都端起来。"吴止渊把感谢、感动的目光送过去,却端起面前的酒杯,对大家扬了扬,一口干了。主席的眼里是怜惜,摇摇头,对吴止渊说:"万事要看开!"

吴止渊喝第一杯酒时其实是犹豫了一下的,习惯性的。已经很多年了,自从那年检查出身体不适,竟秀就下了死命令,绝对不许喝酒。20 年了,吴止渊每次出门应酬,都谨记竟秀的话,滴酒不沾。小城文学圈子里的人都知道吴止渊有一个漂亮、贤惠又能干的爱人,大家也就原谅了竟秀对止渊的禁令。酒桌上,吆五喝六,猜拳掷色子,只有吴止渊是个例外。打通关时他以茶代酒,敬大家一杯,心到意到。大家喝着酒,看着吴止渊手里的茶杯,说:"还是吴止渊有福!"接通关时吴止渊仍然不喝酒,以茶代酒,陪对方喝一杯。吴止渊把茶杯亮底时,对方把酒杯倒置,说:"止渊啊,你好意思不?"止渊说:"您喝好,我没福。"

这都是以前的事。

酒过三巡,吴止渊的脑子就有点儿蒙,开始担心电话响起来。以往聚会,竟秀最少要打三次电话,第一次叮咛绝对不能喝酒,第二次警告绝对不能和那些美女作者暧昧,第三次来电就是催着回家了。接了这三个电话,吴止渊就把讪讪的目光投向主席,投向大家。主席往往说:"止渊你就先走吧!免得弟妹着急。"吴止渊摊开双臂,对大家做个抱歉的手势。大家都笑:"止渊是我们群里最好的老公了。"

现在,吴止渊酒喝得有点儿多,眼光不时在桌上的手机上逡巡。主席就说:"止渊,你还是少喝点儿。"止渊说:"没事。"就端起面前的酒杯,说:"主席,感谢您多年来对我的关心和照顾,我敬您一杯,先干为敬!"说着话,仰脖一口干了,脸却扭曲着。吴止渊要喝第二杯酒时,主席隔桌硬生生地拦住了他。主席把自己手中的酒干了,倒置了酒杯对吴止渊说:"我喝了,你的心意我领了。你真的不能再喝了。"吴止渊撒开主席的手,端起面前的酒杯,身子开始晃了一下,他左手扶了桌子,右手举起酒杯,喊道:"大家都举杯,多年来我欠大家一杯酒,现在我敬大家一杯,干!"吴止渊没看大家喝没喝,自己仰脖喝了,酒从他的嘴角溢出来,他抬起袖管一抹,满桌的人都不易察觉地摇了摇头。主席说:"止渊……"

这时候,电话铃声遽然想起,是"叫我怎能不想你"。吴止渊一惊,酒醒了一半,赶紧拿起手机,匆匆走出房间。主席看他跟跟跄跄的步伐,紧跟着走出去,试图搀扶他。吴止渊走到走廊,看着主席说:"没……事……竟秀的电话。"吴止渊靠了护栏,整理了一下衣服,用手梳理了头发,又抹了一把脸,这才按下接听键:"竟秀,我……没喝酒,我……马上……就……回来了!"

电话那头的声音传过来:"爸,爸,你又喝酒了? 爸……爸……"

吴止渊拿了电话,放到心口,低了头,对着电话喃喃地说:"竟秀,竟秀,我……真的……没喝酒……我……马上……就……回来了……"

电话那头传来的是嘤嘤的哭声。

黑皮信封

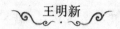
王明新

我们发现飘雪的时候，海滩上已浅浅地铺了一层白，雪大团大团地跌落着。我们同时还发现，天已经快黑了。

我们背着塑料袋、麻袋、尼龙编织袋，惊慌地往回走。高筒水靴里进了水，一走咕咕咻咻响，黏黏的液体在脚趾缝里冒着泡儿。

天气骤然转冷，寒气不动声色地朝我们逼来，棉衣袖子和裤腿的某些部分湿透了，这时候砭人肌骨地冷。我们肩上的袋子里装的是鱼，起初还能感觉出它们徒劳的挣扎，渐渐地便不动了，整个袋子都僵硬起来，在背上一颠一荡的，竟硌得背有些疼。

在草甸子上漫长的冬天里，我们钻井队吃完了最后一个土豆，剩下的只有冻得硬邦邦的白菜了，炖出来酸溜溜的，吃倒了每个人的胃口。这时候，我们看见天不亮就赶去那片海汊子的军马场的人，回来的时候竟挑回一筐筐两尺多长的胖头鱼，我们便看得眼睛里长出了舌头。

第二天，没班的人都早早起了床，吵吵嚷嚷朝十多公里远的海汊子走。

队长说："去吧，去吧，逮多少食堂收多少，五毛钱一斤，吃不了腌起来，咱不缺盐。"

原来，海水退出那片海汊子时，留下一条一条的水沟、一个一个的水窝

子,笨头笨脑的胖头鱼没来得及走,正好救济了我们。这种鱼的头特别大,身子圆滚滚的,肉厚而鲜嫩,我们不知道它的学名,只是根据它的模样叫它胖头鱼。

海汉子不大,几天工夫鱼已经被逮得差不多了,我们泥里水里滚了好几个小时,每人不过捉了六七条鱼。只是这鱼个儿大,每条都在一公斤以上。这几日天天吃鱼,炸、烧、蒸、炖。几天下来,鲜美的胖头鱼也只剩下一股子腥味儿。

雪片更大了,让人想起古人那句"燕山雪花大如席"的诗句。雪落满了我们的狗皮帽子、棉衣和背上的鱼袋,雪里只看见一只只白色的影子向前晃。天很快就黑下来了,海滩上只剩下白茫茫一片,没有任何标记物,我们只是凭着感觉,向着草甸子、向着我们钻井队的营地走。

走在前头的张大个儿说:"早知道今天这样就不来了,十来斤鱼五块多钱,累得腰酸腿软,冻个半死,不值!"

场地工臭手说:"别瞧不起这五块钱,金鹿烟买一条还用不完,到军马场灌酒,能灌好几斤。"有人说:"不假。在队上待着也是待着。"

又有人说:"今天就小六子发了财,逮了半麻袋,有七八十斤。"

都说:"这小子,这小子。"

小六子跟我睡顶头。一天晚上临睡觉,他悄悄地把一个黑皮信封递给我,说:"我老婆来信了。"我接过信说:"信皮怎么这样黑?"

小六子没言声,示意让我取出信看。我看了,原来他老婆要生产,打算到队上来。我说:"想要小子还是姑娘?"

小六子说:"一样一样。"钻进被窝里又说:"当然小子更好。"

这几天小六子抓鱼格外卖力,有时到了零点也不休息,偷偷地跟着别人一起去抓鱼。小六子把抓的鱼卖给食堂,已得了一百多块钱。小六子说他要用这些钱去军马场买些鸡蛋、小米、红糖什么的。小六子家在沂蒙山区,为给两个哥哥娶媳妇盖房子,他除去生活费,其余的钱全寄给了家里。今天

101

小六子跟我们去抓鱼,找到一个水窝子,过去从来也没人逮过,一下子就抓了十几条。

雪越来越深,渐渐没了脚脖子,一走一陷,格外吃力。鱼虽然不多,但远路没轻载,加上我们一天都没吃饭,那鱼竟越背越沉,脚踩进雪地里,强挣着才能拔出来,都呼呼地直喘粗气。

臭手说:"咱们歇一会儿吧,我实在走不动了,歇歇吸根烟。"

一听这话,我们连步也挪不动了,都一松手,让硬邦邦的鱼袋从肩膀上滑落到雪地里,腿一软坐了下去。

张大个儿说:"都起来,都起来!天这样冷,肚里又没东西,坐下就起不来了,在部队里听老兵讲……"

张大个儿是个转业军人,他这一喊我们全都害怕了,急忙爬起来,去捡地上的鱼袋子。

张大个儿说:"路还远,这点儿鱼我看就算了,背着它什么时候能回去?"说着,也不捡地上的鱼袋子,径直向前走了。我们都有些恋恋不舍,张大个

儿回过头来说:"扔在这里又没人拾,等天好了再来拿,还不是一样?"我们这才开了窍,丢下鱼袋子去追张大个儿。

空手走路,到底轻快,我们很快就回到了队上。队长正等得心焦,见我们回来,急忙招呼炊事员为我们开饭。我们捧着滚烫的稀饭,每人喝了两大碗,身上渐渐暖和过来,这才拿了馒头就着炸鱼大嚼起来。

吃完饭,烧了热水擦个澡,就往被窝里钻。钻进被窝,我忽然发现小六子的被子还叠得整整齐齐,顿时惊出一身冷汗,大喊:"小六子呢?怎么没见小六子回来?"

大伙儿都愣了。愣了一会儿,慢慢地往回回忆,都说回来的时候就没注意到有他。都急忙从床上跳下来,手忙脚乱地穿衣服。这时候队长和指导员也来了,叫人去点火把。

一队人除了上班的都起来了,举着火把向海汊子走,边走边喊小六子。雪仍然在下,一尺多深了,每迈一步都极其艰难。

走不远,见前面有一大一小两个雪堆,急忙跑过去用火把去照,再用手拨了雪看,大的雪堆是小六子,小的雪堆是那半麻袋鱼。小六子坐在雪地里,身子已经僵了。

33 天婚姻

王 溙

扳着手指头数了数,正好 33 天。于是,沐沐抽出三根小蜡烛点上,怎么看怎么不对劲儿,又气呼呼地拔了,拿起刀狠狠地插进那个巧克力蛋糕。

"分手快乐!"沐沐把一块蛋糕推到他跟前。

这小子竟拿起叉子就要吃,沐沐赶紧喝住:"干吗呢? 还没拍照呢!"

他鄙夷地转着手中的叉子:"你不是又要发朋友圈吧?"

"跟你结婚可是发了朋友圈的,离婚当然也得发! 不然别人怎么知道我又恢复单身了? 告诉你,追我的帅哥,排着队能把这商场绕三圈呢!"

他戏谑地说:"是追债的能把这商场绕三圈吧? 就你那点儿工资,还买LV,还天天吃小龙虾。"

沐沐"啪"一声把 LV 手包拍到桌子上:"我就用 LV,怎么了? 这可是我自个儿挣钱买的,婚前财产!"

他不说话了,默默地等沐沐拍过照发过朋友圈,才胡乱扒拉几口蛋糕,含糊地问:"行了吧? 可以走了吗?"

"不行,还没拍离婚纪念照呢。"

"还拍!"他把满嘴的蛋糕咽下去,叫道,"有完没完啊!"

"少废话,"沐沐一指对面的广告牌,说,"就那儿,我们都拿着离婚证。"

　　他一脸不乐意地走过去，刚接过自拍杆就条件反射换上惯用的表情，一把搂住沐沐，摆出一个耍酷的姿势。沐沐也顺势倒在他胸口，比出耶的手势。不知道的，还以为他们手里拿的是结婚证呢。"咔嚓"一声，他把自拍杆塞给沐沐，转身就跑了，留下沐沐在广告牌底下发呆。

　　还记得，几个月前，两人就是在这块广告牌下认识的。在这里相遇，又在这里结束，也算是有始有终吧。

　　那时候广告牌上正放着一个鞋子的广告，广告词还挺煽情的："今晚你跟谁走？"沐沐在这句话前面连摆了十几个 pose 自拍，却怎么也不满意，刚好他路过，咔嚓就帮她拍出了两米大长腿和尖尖小脸，像动漫女主角似的。沐沐看他的眼神立马不同了，聊了没几句就跟他走了。你别说，刚开始那会儿他还真把沐沐迷得七荤八素的，有型、会玩，什么跑酷、蹦极、攀岩，看得沐沐连连惊叫。攀岩完还吊在半空呢，就俯下身搂住沐沐来了个深吻，简直就跟电视剧里一样一样的。沐沐心里的公主梦瞬间爆发了，迫不及待就拉着他去领了证，反正也就是九块钱的事儿。他没房没车，收入也不算高，这些沐沐都知道，谈这些也忒俗。非要说钱的话，领了证，俩人各自租的房子就能退掉一个，也算省了一笔吧。没几天沐沐就发现这钱还真省不得，谁跟他住

谁知道！运动完回来不洗澡就往沙发上躺，臭袜子扔得到处都是，说好了谁吃得慢谁收拾，他三两口就能把外卖扒完然后扔下盒子打游戏去了，气得沐沐剥着最爱的小龙虾都不是味儿。这也就罢了，俩人一到月底就财务告急，他居然还刷爆信用卡又入手一套徒步装备，说什么钱就是拿来花的啊，不花钱那挣钱来干吗？这话沐沐同意，但问题是得有钱啊。沐沐反问："信用卡都被你刷爆了，那我拿什么去买这一季新出的口红？"

广告牌现在换成了包包广告，全透明的，里边钱包、口红、镜子、手机，一目了然，广告语依然煽情："我对你毫无保留。"看着看着，沐沐忽然觉得，这倒是个不错的离婚纪念品，就跟他俩的婚姻一样，啥也没剩了。沐沐对自己说："过几天发了工资就去买一个。"

包包买不起，小龙虾还是买得起的，回到家，沐沐就拿起手机叫了两斤小龙虾，破天荒要了变态辣的，好让味觉也能深刻地记住逝去的爱情。沐沐一边吃一边刷朋友圈上的留言，有祝她离婚快乐的，也有叫她远离渣男的，甚至有人直接求约会。沐沐嘴巴呵着辣气，熟练地用小指头挨个回复。想起今天上午民政局那个老女人大呼"你们才结婚一个多月啊"，沐沐就觉得好笑。谁没事离着玩啊？还不是不爱了呗。那女人问沐沐为啥不爱了，沐沐本想说我是处女座，受不了他狮子座的邋遢自私，又怕她理解不了，于是说："不为啥，突然就不爱了。"他也在一旁说："对，就是不爱了。"沐沐鄙夷地瞪了他一眼："这时候倒默契了？"

变态辣的小龙虾可不是盖的，才吃几只，沐沐的嘴唇就像充了电似的。她吸了吸鼻涕，忽然想起来应该打个电话跟家里说一声吧。问题是，是打老爸家呢，还是打老妈家呢？犹豫一会儿，还是打到了老妈家。沐沐想，这种事还是别让后妈知道的好，别害她把鼻子笑歪了，那可是花了老爸好几万整的！

于是沐沐就拨通了老妈的电话，告诉她自己结婚了，才一个月，又离了。

她妈听了只是哦了一声，说："反正你也不是第一次了。"倒是旁边的姥姥抢过电话说:"妞儿,啥时候回来啊? 姥姥给你做你最爱吃的馅饼。"

　　一阵记忆中的香味儿沿着电话线袭来,热乎乎的,香喷喷的,沐沐的肚子忍不住咕咕叫起来。沐沐舔了舔辣得已经没有了知觉的嘴唇,忽然像饿了好久的孩子一样,委屈地叫了声姥姥,哇哇大哭起来。

上 梁

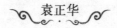

袁正华

华小晚上放学的时候,经过董和家门口。他看见董和家新砌的三间锁壳子已经四檐齐,四片山尖都已经到顶了。

东西厢房的檩条已经搁正,明间的大梁搁在山尖上。大梁中间贴着一个大大的"福"字。两边的中柱上贴着一副大红纸的对联:站柱巧遇紫微星,上梁恰逢黄道日。

回到家,华小对妈妈说:"董和家新房子上梁,夜里记得喊我去抢馒头米糕。"

晚上睡觉的时候,华小脱了外衣,棉袄棉裤都穿在身上,没有脱。

凌晨三四点钟,"嗵、嗵"两声清脆的炮仗声划破了小村宁静的夜空。华小噌地从床上爬起来,套上褂子和裤子,穿上鞋子。到妈妈房里一看:爸爸妈妈睡得正香,妈妈正发出轻微的呼噜声。

华小知道,妈妈上了一天工,太累了。他轻轻地掩上房门,打开堂屋门,走了出去。

华小拢了拢棉袄,在清冷的月光下,往董和家的方向一路小跑。路上碰到了小荣和阿锁,都和他一样冷得抖抖索索的。

到了董和家新房子的时候,华小看见一只小电灯泡在冬夜里惨白地亮

着。没有屋顶的明间,用一把木头椅子做了个临时香案。上面燃着一对红蜡烛,香炉里点着三支香。木匠三驼子和另一个木匠师傅已经站在了明间的两个山尖上。两个人脚下的脚手架上都有一只装着馒头和米糕的篮子。

大约又等了十分钟,三驼子在上面大喊一声:"吉时已到! 放炮仗,上梁!"

董和赶紧点燃早就剥好纸捻儿的炮仗。三驼子和对面的师傅装模作样地把早已支好的大梁正了一下,然后用斧头敲着大梁开始大声"喊好":"福字生来四角方,祝贺府上盖华堂……"喊完抓起脚下篮子里的馒头和米糕,对着下面翘首的华小他们扔下去。

对面的木匠接口喊道:"左边一间金银库,右边一间是粮仓。"喊完,也抓起篮子里的馒头和米糕对着下面的华小他们扔。

"前面栽的千棵柳,后面栽的万棵桑……福祖福今福后代,子孙永世福寿康……"

木匠每喊一句好,就扔一次馒头和米糕。华小和小荣阿锁就看着木匠的手欢天喜地地去接、去抢、去找。

华小发现,站在西边的三驼子每扔两次给站在房子北边的他们,就扔一次到房子西边。华小退到小荣和阿锁的身后,转到房子西边,看见庄西头的杨寡妇站在山墙的背光处。

只见杨寡妇腰里系着一块拾棉花的布兜,两手牵着布兜的两个角,对着山墙上的三驼子。三驼子给北边扔两次,就给西墙的杨寡妇扔一次,每次都准确地扔到杨寡妇的布兜里。接到馒头米糕的杨寡妇,把布兜里的馒头和米糕倒在脚下的一只篮子里,赶紧再次撑起布兜,眼巴巴地盯着山墙上的三驼子。

华小退回到北边,和小荣阿锁一起接着抢。

随着喊好结束,上梁仪式完成。三驼子和木匠师傅从脚手架上爬下来,接过董和递来的红包,嘴里说着"恭喜发财"。

华小抢了三个馒头和六块米糕。阿锁抢了六个馒头十块米糕。小荣抢了三个馒头两块米糕。小荣不高兴了,对董和老婆说:"我抢的比他们少。"

董和老婆赶紧从厨房里拿出两个馒头和两块米糕给他:"都有,都有,小乖乖。"

然后又给了华小和阿锁各一个馒头一块米糕,嘴里依然是那句话:"都有,都有,小乖乖。"

回到家,华小兴奋地把四个馒头和七块米糕放在桌上依次排开,心里不停地盘算:爸爸、妈妈、弟弟,还有自己,家里四个人。四个馒头,一人一个,刚刚好。七块米糕怎么分? 一人一块就多三块,一人两块就差一块。

想来想去,华小觉得自己夜里抢的,多吃一块也不过分,就拿起一块米糕啃,啃得掉了一桌子的米糕粉。华小小心地把桌子上的米糕屑擦干净,送到猪食桶里,把剩下的四只馒头和六块米糕小心翼翼地放到竹碗橱里。华小心想,现在好分了:馒头,一人一个;米糕,大人两块,小孩儿一块。

躺到床上的华小翻来覆去怎么也睡不着,干脆穿好衣服起床。

华小已经十岁了,上三年级,平时放学回家就烧夜饭。华小不仅会煮粥,还会熬咸菜、炒蚕豆、剁瓜菜,可是还没有烧过早饭。

华小决定,反正睡不着,不如帮妈妈煮早饭,让妈妈多睡会儿。

华小轻手轻脚地淘米煮早饭,烧了一锅粥,又把坛子里的咸菜拿出两棵来,洗干净,切成咸菜丁,用蓝花大碗装了,放到吃饭的桌子上。

弄好了一切,华小吃了两碗粥,又把猪食也喂了,东边的天才有一点点亮。华小背起书包,掩上门去上学了。他心里想:妈妈早上起来,看见早饭煮好了,咸菜切好了,猪食也喂好了,碗橱里还有馒头和米糕,肯定高兴。

老张媳妇

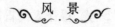
风 景

十年前,老邻居于二哥老两口儿,去大连投奔儿子,房子卖给了一户黑龙江人,姓张。

老张家搬家,我得过去帮忙。这搬来后,两家是隔着一个墙头的邻居。邻居,你不处好了不行。不是有句话吗? 远亲不如近邻。

看得出,我主动过来搭把手,老张两口子很意外,也很高兴。

帮着搬家的还有他家亲戚,总共七八个人。瓶瓶罐罐,吃的穿的用的,乱七八糟一大车,天擦黑才安顿好。再看看干活儿的这几个人,一个个灰头土脸,累得呼哧带喘的。

主人老张很有些过意不去,从家里搬出一箱啤酒,放在墙角。老张媳妇靠着墙根,右手熟练地从兜里摸出一盒烟,用一根手指头对着烟盒轻轻一弹,随手抽出几根,很热情地挨个儿发烟。她自己也掏出一根叼在嘴角,又给我递来一根:"来,美女,抽一根,这玩意儿解乏。"

我哪抽过烟啊? 老实交代自己不会。她随手从箱子提溜起一瓶啤酒,用牙砑的一下打开,再一扬嘴,将瓶盖吐出老远:"不抽烟,那就来瓶啤酒,解渴。"我更窘了,不会喝啊! 老张媳妇乐不可支地说:"都是东北的,不抽烟不喝酒?"她眼睛瞪得像铃铛,不相信地盯着我看,我尴尬地对她笑笑。她把啤

111

酒瓶对着嘴，一仰脖，咚咚咚，瓶子见底！

这是老张媳妇给我的第一印象，这老娘儿们——猛！

是邻居，见得多，唠得也多。最要命是她的笑，带"哆来咪"的，一拍比一拍高，笑得人心里发毛。

她一笑，我就替她担心，担心她脸上那坨粉垮下来，破了相。她嘴角一咧，刚预备笑，我就惊恐地上下打量自己，生怕衣服哪个扣子开了，或是袜子穿反了。

自从满大街都是"美女"，"美"得让人倒胃后，谁叫我美女，我就冒汗。偏偏老张媳妇说话"美女"不离嘴，只要见了她，我就一个劲儿地冒汗。

刚做邻居没几天，有一天我站在门外，美滋滋地看着开得正盛的蔷薇花，老张媳妇扭着和"熊大"一样又肥又圆的屁股晃了过来。

"哎呀美女，看花呢？这花长得可真俊，随你。你说你都老成这样了，还鼻子是鼻子，眼是眼的，哈哈哈……"

老张媳妇边说边撅腚弯腰，从园子里薅了把小葱，用手撸巴撸巴，再往胳肢窝一夹，一拽，往嘴里一塞，分分秒秒的工夫，一把葱下肚。整个动作如行云流水，一气呵成。

"美女，你家这杏儿是真仁的吧？"

没等我缓过神，老张媳妇手里已经多出几个大黄杏，她把杏往衣襟上一抹，上嘴就咬。

"真甜，真甜，随你，哈哈哈……杏结得真多，你家能吃得了吗？摘点儿给俺家老张尝尝鲜，哈哈哈……"

她笑得花枝乱颤地走了，剩下我在风中，心里没法不凌乱啊！

早些年，公公在后院给两家中间留出两米宽的小猫道，一头一头地刨，开出了一块能种两三百棵玉米的地。

老张家搬来后，把后院的土地利用率提高到了极限，恨不得屁股上也栽两根葱。他们每年把小道啃掉一个边，最后就剩一只脚的宽度了。有一年

我随单位在外施工，等五一回来，别人家的玉米都钻出地面了，我家的还在睡大觉。赶紧买来种子化肥，去地里一看，傻眼了，原来仅存的一脚宽的"道"没了，被老张家种上了大豆。这还不算，还跑到我这边种了一垄。我这火正往上蹿呢，老张媳妇推开后窗："哎呀美女！你可回来了，这把我急的，这地再不下种就晚了，前几天我还跟老张念叨：'要不咱帮美女种上吧！'"

我心里那个气啊——还卖上乖了！咬咬牙忍了："你这不帮我种上一垄了吗？谢谢你哈！"

"啊？啊！哈哈哈……"

老张媳妇能干，这是真的。她常年推个三轮车站市场，什么应季卖什么。自从她成为我邻居，我在家里的地位噌噌噌地往下掉。看见老张媳妇白天去卖东西，老公说："看看，人家多能干。"我得服呀！我嘴上服，心里不服，心里说："驴能干，你咋不和驴结婚？"

一年夏天的傍晚，都五点多了，天还是火辣辣的，能把人烤出油来。下班回来，老远看见老张媳妇撅个大屁股，在前面吃力地推着三轮车。这段路是个陡坡，平常我提溜几斤水果走起来都费劲儿。我赶紧上前帮着推一把。一搭手，她轻快不少，上气不接下气地朝我挤出点儿笑，比哭还难看。走到平缓地，停好车，她边用手扇着风边说："谢谢美女！这天太热了！"

我瞅了她一眼，一件白不白灰不灰的上衣被汗水湿透，紧贴在身上；脸上的汗珠子，翻着筋斗往下滚。

"见过惯男人的，没见过有你这么惯的！放着现成的男人不用，把自己累成狗，活该！"我这话说得有点儿咬牙切齿。

"咱家男人，咱不惯谁惯呀？等着别人惯，我可不干。我就愿意惯他惯孩子，看见他们活得舒服，我就高兴！我这人吧，护犊子，欺负我行，欺负咱家老张和孩子，不好使，我能一屁股坐死他。"

这话，别人不信，我信。

想跟奶奶喝酒

同 学

　　虽然远在千里之外,但尤齐还是第一时间收到了他妈发来的通报:"娃,奶奶走了。"

　　然后呢,然后就不知道说什么了。他对着手机对话框愣了半天,先是打了"哦",觉得太轻描淡写;又打了"呜呜呜",但虚拟哭泣又太轻贱;还打了"唉,天堂里没有病痛了",也不对,几乎所有人生悲剧都可如此回复,而且显得矫情。可是这位是他奶奶,他不知如何表达自己淡漠的生死观,似乎用一点点力都觉得多余。人嘛,终有一死。

　　过年的时候,老人家身体就不行了,医生说回去等吧,于是一行孝子贤孙把人弄了回去。每天都得有人守着,天冷,谁都不好受,奶奶本人则进入了薛定谔的猫状态。大姑排了班,尤齐作为长孙必不能缺席。奶奶屋子里自此没断过人,再小一点的孩子就都搁家里了,姑姑、姑丈、大伯、二伯,打麻将不合适,于是每天最大的活动就是做饭,少说一桌,再喝点儿酒,妇女们一个个都有点儿烦了。尤齐他妈身体不大好,跟尤齐嘀咕了一句:"唉,你奶奶啥时候走啊?"尤齐一时语塞,他妈接着说:"以后我这样了你不用守着,存折密码我脑子灵的时候就都会告诉你的,你该玩玩去。"尤齐说:"你还是先支付宝转给我吧,省得去银行。"他妈说:"也对,行。"

大姑给尤齐排的早班，一日之计在于晨，要早起而不能睡懒觉，无比丧。他双肩紧耸夹住头，呵着气，走路去守床。到了奶奶家，姑丈在："来了啊！""嗯。"然后，就跟大家一起等。奶奶早不能言语了，嘴巴微张，双眼虚合，非常具有迷惑性。他问姑丈怎么才知道人走了，姑丈说走的时候就知道了。这话高级得像哲学，他只能开始玩手机。自从他记事起，奶奶就是慈祥温和的样子，会记得他最喜欢吃芋儿炖鸭干煸刀豆，即使他现在已经不喜欢吃了。也不是不喜欢，长大之后，对很多东西都没有办法投入最高的感情。每次别人问"那你最喜欢的电影、最喜欢的歌是什么"，他都会茫然，就是"最"不起来，都挺喜欢的，也就是说都差不多吧。

那么奶奶最喜欢吃什么？从来没听她谈过自己。像她这样年纪的老人，一生仿佛只有天下太平一个念想。尤齐他爸说过，管教孩子时这位如今弥留状的妇女下手非常重，他们弟兄几个没少恨过她，但成家之后个个比赛孝顺。打是真打，爱是真爱，在中国人看来，没毛病。但中国父母另外有个毛病，无原则地疼爱孙辈。尤齐他爸稍微举高点儿手，奶奶就把尤齐拉到身后，说："你敢打试试。"想到这里，尤齐开始有点儿悲伤，奶奶还是爱他的。

可是这种爱只是人类繁衍之爱，施与方觉得义不容辞，受赠方自然也觉得天经地义了。当然，很多人会陷于这种绵密的惦念，全身心沐浴在慈爱中。这种慈爱不求回报，越是年迈越觉得其可贵。尤齐后悔的是，没有在年迈之前多了解下奶奶。他们这一生，即使不说颠沛流离，也是饱经苦难。可每年尤齐就像候鸟一样，只是过年时在奶奶那儿歇一歇脚，说几句吉祥话，便算功成身退了。大概应该喝酒，中国人只有在喝多了才把心拿出来互相看一看。所以他得跟奶奶喝酒，问问她这一生是怎么过来的。于是，他在朋友圈发了一条"想跟奶奶喝酒"，显得莫名其妙。于是过了十分钟，删了。

这么守了几天，大家就开始松懈了，因为"我们正在等待母亲死亡"的氛围有点儿荒诞，是时候打场麻将冲淡一下了。大伯提议："我们还是热闹热闹，让妈知道我们都在呢！"于是，大家心照不宣地坐了两桌，没轮到的尤齐

他爸做军师,他妈拔出一张牌犹犹豫豫的时候,问他:"这张?"他说:"行吧。"喂一颗定心丸,然后点了炮,全场大笑,他妈当然得"怒其不争"地骂他。这群妇女不用做饭,尤其开心。二伯母说像过年,三伯母说不是像,正过着年呢,二伯母说"对哦",然后众人又是一阵大笑。

这种"我们正在等待母亲死亡,顺便打打麻将"的氛围终于让尤齐松了口气,他感到了做四川人的幸福,笑对困境是每一个中华儿女与生俱来的品德。他想起新闻里采访过的普通人,都觉得生活在一天天变好。其实他明白变坏也没关系,很多人照样能扛过去,大概一半人的底线都是好歹还有口饭吃。也许麻将给奶奶续了气,农历丁酉年过来了。打了几天麻将之后,警报解除,各回各家。

尤齐开始约同学撸串,办理去台湾交换的手续,问他爸要钱,被他妈骂成天在家啥都不干,除了没学习,啥都没耽误。他爸倒是每天去奶奶那一回,但例行公事般签个到就回来了,奶奶还是没说话,不过气色又好了一些。他妈也是只敢跟尤齐说大概是回光返照这种话,尤齐听完假天真地说了句:"说不定真好了呢!"尤齐回学校之前,亲戚们还是大聚了一下,纷纷举杯恭贺新年,气氛一点儿都不濒临丧母,非常好。

尤齐终于知道回什么了:"那我要回去吗?"他妈说:"不用了,台北太远了,你也算送过终了,奶奶知道的。"他觉得如果有一场葬礼,打麻将那时候就挺合适的了,大家都开开心心,热热闹闹,人嘛,终有一死。大伯说:"咱妈这一辈子真没享过什么福啊,碰。"二伯母说:"我刚怀老大的时候,妈每天给我烧红枣粥,我都怕了——啊,慢慢慢,哦,没和。"三伯对着尤齐他爸说:"老幺啊,妈对你是偏心的,你不要不承认,这套房子是说要留给你吧,等等!和了。"

捕快与书生

王　东

　　茫茫大漠，漫天黄沙一望无际。

　　在一座两丈余高的沙丘上，一位头戴四角官帽的年轻捕快在盘腿打坐。他怀抱一柄寒光闪闪的虎头单刀，双目微闭，从晌午一直坐到黄昏，一动不动。

　　年轻捕快突然双目圆睁，目光如电般射向远方。"你终于来了。"年轻捕快自语道。可这茫茫大漠，死一般沉寂，他口中的"你"是谁呢？

　　约莫过了半盏茶的工夫，果然隐隐约约听到叮叮当当的驼铃之声。

　　那驼铃声由远及近，一位身着青衫、头挽纶巾的少年书生横坐在驼背之上缓缓而来。少年书生手握一支青翠玉笛，身背三尺青锋宝剑，目若寒星，面如满月。此人正是轰动江湖的那位神秘的少年侠客，却无人知道他的姓名和来历。

　　少年书生口中吟道："击筑饮美酒，剑歌易水湄。经过燕太子，结托并州儿。少年负壮气，奋烈自有时。因击鲁勾践，争博勿相欺。"

　　那年轻捕快听了，心中微微一动。

　　少年书生继续吟道："五陵年少金市东，银鞍白马度春风。落花踏尽游何处，笑入胡姬酒肆中。"

117

少年书生吟完，拍了拍身下的骆驼，道："驼儿啊驼儿，说什么落花春风、胡姬酒肆，就算我如今远走这茫茫大漠，也依然有人不放过我啊。哈哈，这样也好，该来的终究要来，早来了还免得咱东躲西藏。"说完便在离那年轻捕快十丈之地停了下来。

少年书生显然已对年轻捕快的来意心知肚明。

年轻捕快道："早知今日，何必当初！"

少年书生哈哈一笑："就算早知今日，我亦势必当初。只是没有想到竟会劳你这天下第一名捕亲自出马。"

年轻捕快道："哼，你可知道你所劫银两乃是朝廷的赈灾之银吗？"

少年书生一边把玩着手中的玉笛，一边若无其事地道："当然知道。"

年轻捕快怒道："既然知道是朝廷的赈灾之银，那你为何还要劫去？"

少年书生又是一阵哈哈大笑："正因为那是赈灾之银，所以我才劫去，否则，那些银两早已被那些贪官污吏中饱私囊了，那些真正的灾民岂能得到半文？朝廷应该感谢我才对啊，怎么反而派你这天下第一捕快来捉拿我呢？真是没有天理啊！"

"胡说，朝廷赈灾的银两，哪个贪官污吏胆敢中饱私囊？"

"哼。"少年书生冷笑一声，"这些年来，那些贪官污吏私吞的赈灾银两还少吗？恐怕你比我更明白吧！"

"就算有一些胆大妄为的贪官污吏，朝廷一旦掌握真凭实据，必然会查办，岂能容你胡作非为。"

"查办？哼哼，这天下有多少贪官污吏，朝廷又查办了几人？"少年书生转而又是嘻嘻一笑，"这次正好被我遇上了，举手之劳，顺便帮朝廷一个小忙，你给朝廷带个信，就说奖赏我就不要了。"

"哼，家有家规，国有国法，没有规矩，不成方圆。如果都像你这样胡作非为，那岂不是天下大乱，你认为我会放过你吗？"

"唉，说了半天，你还是要擒我。"少年书生顽皮地皱了皱眉，"但是，你认为你真打得过我吗?"

"使命所在,打不过也要打。"

"唉,要是做官的都像你这么傻,就好了。既然如此,那就来吧。"少年书生说完,面带微笑,起身轻轻一晃,瞬间便到了年轻捕快身前的三丈之地。

年轻捕快心中一惊,原本以为凭着这几年的苦心修为,就算不能轻易取胜,也可与之打个平手,岂知几年不见,他的武功竟是如此精进。以他现在的武功来看,自己恐怕连十招也难应付。但箭在弦上,不得不发。年轻捕快大喝一声"接招",一片刀光罩向少年书生。

刀光剑影之后,胜负瞬间即分。少年书生身中数刀,倒在血泊之中。

年轻捕快心中一怔,随即将虎头单刀扔在沙丘之中,俯身抱起血泊中的少年书生,大叫一声:"小天。"

"哥。"少年书生依然面带微笑。

"你为什么不还手,你为什么不还手啊? 小天,你若还手,我又岂能伤得了你。"

"我若还手,你会就此放过我吗? 我若将你打败一走了之,你又怎么向朝廷交代? 到时朝廷必然定你个徇私之罪。我若束手就擒,最后依然免不了一死,我可不想死在朝廷那些贪官污吏的手上。"

"你怎么这么傻啊,小天!"年轻捕快泪如雨下。

"哥,你还记得我们小时候一起吟诗练功吗? 那时候我们都一心想做一代大侠,你说侠之大者,莫过于为国为民。我牢牢地记着你的话,只可惜,我们走了两条……不同的路。"

"小天……"

"哥,朝廷需要你这样的官,天下百姓需要你这样的官……哥,代我转告爹娘,小天以后不能在他们膝前尽孝了……"少年书生已是气若游丝。

大漠深处,残阳如血。

积善楼

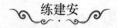

练建安

枫岭寨经七里滩,过黄泥冈,一铺半路,就到了老墟场。

汀江中游闽粤交界处,老墟场按八卦方位设计,白墙黑瓦,参差错落。

镇文化站的邱老说,那年头,客商多啊,每日要杀猪百头,外地人开的旅馆,就有六七十家。红灯笼一闪一闪的,从山脚挂到了河边。

冬日上午,阳光懒散。我和邱老、文清走在冰凉、光滑的石板路上。两边骑楼,泥灰多有剥落,露出青砖。木雕门窗,间或残缺不全。北风起,哗啦啦响。

若干土杂店铺还开张着。平常,有些游客,稀稀落落的。店主们闲散,若无其事,却在不经意间投来一瞥,迅速判断有无生意可做。

路过武侯小庙,忽听喇叭高亢,弦乐声大作,颇热闹。邱老说:"十番哦,看看?"我摇头。我们走开了。几步后,十番不响了,喇叭拖了个长音,也消停了。

我们来到汀江边。

江水清澈、平静,倒影青山。阳光下,游鱼历历可数,悠忽往来。江湾,有一条采沙船,马达声时隐时现。

樯帆如林的景象,已成往昔。

对岸,竹林掩映,有座大围屋。屋顶,盘篮纵横,晒满鲜红柿子。

大门楹联,远看不清。门楣,见隶书"积善楼"。

"过河吧?"

"有眼光啊。这个积善楼,有故事。"

"哪一座楼没有故事呢?"

"这个故事非同一般。"

邱老说:"三百多年前,具体哪一年,记不清了。这里原有一座小茅草屋,开山种树的人搬走后,来了一对潮州夫妇,女的叫阿秀,养鸡鸭;男的叫阿发,卖麦芽糖。日子过得贫寒。除夕夜,老墟场酒肉飘香,爆竹连天响,这对夫妇却思忖着溜到山上躲债。忽听拍门声。惊恐开门,暗夜里,门外站着一位陌生汉子,也不说话,一挥手,十几个人挑来沉甸甸的箩担,放下就走,屋内差不多都堆满了。夫妇俩疑在梦中,醒来,赶出去,那群人早已不见了。拔亮油灯,哎呀,俺的亲娘耶,全是白花花的银子噢。夫妇俩是实诚人,等了三年,还是没人来,就跌筊,这些银子可用否? 跌筊三次,均可用。他们起大围屋置地做生意,成了远近有名的'百万公'。那么,这个故事呢,民间有说道,叫作'鬼子担银'。"

"邱老,你相信吗?"

邱老说:"噢,忘了说,那家姓东,东方的东。传说,祖上是在广东潮州做大官的。一天,行船来到梅州三河坝。渔民捕获了一条八尺长的红鲤鱼,要杀,红鲤鱼见到大官就流眼泪。大官买下了,放生。好人有好报嘛。"

"噗嗤。"文清忍不住笑了。

"咋? 你不相信?"

"邱老,你是民俗专家,我们怎么能不相信你呢? '鬼子担银'的故事很精彩,民间传说也有几百年了吧。不过,文清这个书呆子,研究方志谱牒还是很用功的,你们不也是经常切磋吗? 或许他又找到了什么宝贝资料呢。听听也好。"

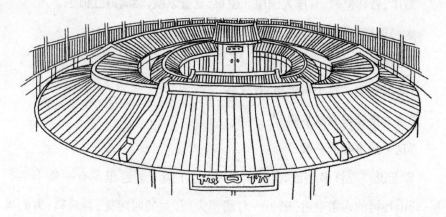

文清说的故事，见诸《东氏族谱》。

清康熙年间，福昌公任潮州知府，清正廉明，却遭奸臣构陷，满门抄斩。此前，福昌公催促长子阿发看望野山窝的老丈人去了。阿发闻听凶讯，慌忙携妻逃往老墟场，以养鸡鸭、卖麦芽糖为生。

多年后的一个仲夏月夜，夫妇俩在庭院内喝茶聊天。幼子阿东翻出小布袋来玩，里头滚出一颗乌木珠子。细看，附纸条，乃福昌公手迹，写道："小隐勤耕读，急难见杨公。"

杨公者，梅州三河坝巨富、乡团魁首也。

跋山涉水多日，阿发夫妇抵达三河坝。杨府门丁训斥道，杨公谁想见就见得着的吗？阿发靠近，将两块铜圆滑入他的口袋里，亮光一闪，门丁绷紧的脸随即松弛了些。阿发呈上珠子，说是杨公旧物。门丁半信半疑，入内呈报。片刻，杨公召见，赐坐，看茶，和颜悦色，问有何难处，尽管说来。阿发嗫嚅，额上冒冷汗，答不上话。阿秀说，杨公大人，俺们要一百两银子还债，债主逼的。杨公问，咋回事嘛？阿发说，前年粮荒，借了十两籴谷，驴打滚，早晓得，饿死也不要。杨公大笑，嘱咐管家盛情款待，就转入里屋，不再露面了。

三日后夜半，夫妇俩摸黑回到家外，星光下，朦胧见门口站立魁梧黑影，吓得赶紧想逃走。黑影扬手,树上宿鸟就栽落在他们脚下,兀自挣扎。黑影问,来人可是福昌公嫡子? 阿发说是。黑影问,贵姓? 阿发答,小姓东。黑影问,你是何人? 阿发答,贱名文发。黑影走开,立马就有一群大汉挑担入屋,堆满了草堂。

他们是谁呀?

还有谁? 杨公的人。

那么,杨公为何要报恩哪?

他就是那条八尺长的鲤鱼。

鲤鱼精?

其实,他是被三河坝巡检司捕获的山匪。

山匪?

你可以说是绿林好汉,也可以说是义军将领。

福昌公为何要救他?

杨公是读书人,临刑前吟诵了一阕词,壮怀激烈。

什么词?

岳武穆的《满江红》。

《满江红》?

谱牒的记载是:"公壮而奇之,亲释其缚,嘱其见贤思齐为国栋梁,赠以银。"

随遇而安

巴图尔

　　午饭后,牧羊人买买提还像往日一样,在门前的那棵大胡杨树下午睡。瞌睡这东西,越睡越多,刚吃过午饭眼皮子就像抹了胶水,粘上就睁不开了。他就歪倒在那棵大胡杨树下,昏天黑地地睡了。这就是他的生活,困了就睡,饿了随便一个馕就解决问题。

　　买买提的午饭很简单,一个馕加一碗茶水。这是他三百六十五天不变样的午饭。他并不觉得这样的生活有什么不好,他觉得一切都是随遇而安。人就是个混死虫,混着混着就老了,混着混着就到了鬼门关。这就是人生,死对于大家都是一样的,没有高低贵贱之分。你的一辈子是一辈子,别人的一辈子也不是一张白纸,只要你认真努力地活过,人生就布满光彩。无论那样的人生有多么辉煌或不如意,人生的那辆小车子总会把你拉到终点。无论你愿不愿意,人生总有结束的时候。人的生命就是一盏油灯,灭了,你的世界就黑暗了。

　　他不愿意和任何人攀比,也不愿意看到别人过得好了就心生嫉妒。这是不折不扣的仇富心态。这种人很多,看到别人的日子比自己过得好,就恨不得抱着别人的大腿啃一口。可他们不知道别人的财富也是一分一分挣来的,人家起早贪黑顶风冒雨他看不到,看到的就是别人锦衣玉食的生活,就是挥金如土的日子。他们就心理不平衡，希望自己也能过上那样的日子，也能耀武扬威地让人羡慕。东街的尧勒瓦斯和西街的图尔贡，当年也是个穷光蛋，可是人家有头脑，没几年就发家致富了，每天大车小车的非常气派，让很多人羡慕不已。甚至还有女孩子想嫁入豪门，享受锦衣玉食的生活，也像东街的尧勒瓦斯和西街的图尔贡一样。

买买提顶瞧不起这号人，满脑子贪图享乐，就是不想实实在在干自己的事儿。这样的人总是活在痛苦之中，怨天怨地，满肚子的牢骚、满肚子的苦水，好像这个世界欠他八百吊钱似的，总觉得别人对他不公平，就像怨妇一样喋喋不休。

买买提对自己的生活很满足，有吃有喝，高兴了就随便唱唱歌儿，不高兴了就生一会儿闷气。他不怨天尤人，也不和自己较劲儿，更不羡慕别人的生活。俗话说，穷人有穷人的难，富人有富人的苦，到底谁活得更有价值，这是无法说明白的事情。牧羊人买买提不想和任何人攀比，人家吃香喝辣的，那是人家的事，他更愿意生活在自己的世界里。至于邻居们的风言风语——说他傻，说他脑子缺斤少两，这一辈子只会放羊，是不会有大出息的——他根本不在乎，听到这些话就笑了，他说："会放羊就行了，有钱赚有事儿干，这不是很好嘛！我为什么要会那么多呢？世界上那么多的事情我能全干完吗？"

东街的尧勒瓦斯出车祸死了，留下那么多的财产，老婆又嫁给别人了。说是嫁了别人，其实是他家的一个大货车驾驶员，叫吐尼亚孜·托乎提。原本吐尼亚孜就很木讷，到了快四十岁还没娶个女人，说句心里话，和他这个牧羊人相比还差那么一大截儿，整天为尧勒瓦斯跑进跑出，还时常被尧勒瓦斯臭训一顿，真是活得很可怜。可驴粪蛋子也有反烧的时候，娶了尧勒瓦斯的老婆后，他转身就变成老板了，那种感觉就像天上掉馅饼，不偏不倚砸在他的头上了。吐尼亚孜很得意地说："我一直觉得是给尧勒瓦斯打工，没想到是尧勒瓦斯在给我挣钱。"吐尼亚孜说这话的时候，脸上荡漾着很得意的微笑。

买买提笑了，说："这就如同中彩票，人家天天买就是不中，你随便买了一张就中了大彩。可是三十年河东，三十年河西，是你的谁也抢不去，不是你的永远不属于你。"

那时，吐尼亚孜很瞧不起买买提，他说："不用你说风凉话，我的命就是比你好。天上掉一个大馅饼就砸在我的头上，你说，这是多么不讲理，你生气也没用。"

买买提没有搭理他，赶着羊群走了。他觉得吐尼亚孜这号人就是小人得志，他更知道，不是自己双手挣来的天下，是不会长久的。

那年冬天，当牧羊人买买提赶着羊群回到村子的时候，吐尼亚孜拄着双拐。据说，是修车的时候，千斤顶突然倒了，大车车厢砸在他的一条腿上。腿断了，车也不能开了。

那个冬天，买买提没事就找吐尼亚孜下卡塔（维吾尔人的一种棋）。吐尼亚孜开始很别扭，总觉得买买提会笑话他。可是买买提却说："人这一辈子，三穷三富过到老，人在得意的时候不要得意忘形，碰到困难时也不要垂头丧气。没有跨不过去的坎儿，也没有过不去的火焰山，挺一挺，什么都不是问题。"

吐尼亚孜说："没有想的那么轻巧，我现在的样子实在不容乐观。"

买买提说："我送你四个字儿，随遇而安。不要想那么多，你和尧勒瓦斯比起来还是很幸运的，尧勒瓦斯死了，可你还活着。"

吐尼亚孜点了点头说："是，顺其自然，随遇而安。"

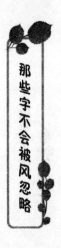

莲 颂

陈 毓

　　庄子庆小名莲生,知道庄子庆的人多,知道莲生的没几人。

　　莲生的父亲住在宝应湖这边,养鸭;莲生的母亲住在白马湖那边,采菱。不知是谁多走了一步,两人相遇了。相遇,相交,之后是相爱,成亲,有了莲生。

　　莲生的母亲生莲生并不在荷花荡,也不在船上,莲生之所以叫莲生,是因为他是母亲心上的一朵莲。莲生母亲看见窗前一轮满月,看见月下婴儿的脸,实在像一朵新绽的莲花,她把鼻子凑上去,果然闻见婴孩儿脸蛋上有股莲花的清幽气。这样不可思议的儿子竟会是自己生的。她好奇小小婴儿不用吃一粒米喝一口水,凭自己的乳汁供给,就会笑、会蹙眉、会手舞足蹈,能天天见长。这再平常不过的事在年轻母亲的心上却是神奇,简直神奇过那万亩莲塘,就像白马湖的荷花,年复一年,餐风饮露,沐浴阳光,就能旺盛生长。

　　母亲带着莲生在荷花荡里撑船游弋,折莲蓬、摘菱角、挖白藕、捕小龙虾。

　　她那么爱笑,她的笑如水之涟漪,涤荡太阳的热力,叫太阳都晒不黑她。撑船穿过荷花荡,莲花高过她的头脸,低头割苇子编帘栊,苇子抚过她腰身。

127

她的腮边有太阳的味道,她的手指有苇子的味道。

她没读过那句"采莲南塘秋,莲花过人头"的诗,但她制造了那个画面。她与莲塘朝夕相处,春去秋来,自然和人都在经历一个生命的圆。荷塘里,从莲子到莲蓬,屋檐下,蓬头稚子长大了。

莲生从粉嫩小子长成黢黑的小伙子,她还是唤他莲生,在一切她需要叫出儿子名字的时候。

莲生养莲花。每当盛夏,湖里的莲花次第开放,如天上繁星,大的似盆钵,小的如婴儿拳;颜色更是奇妍,白色、粉色是常见的,还有紫的、绿的;一花多色的,单瓣、复瓣、一枝并蒂的,众多莲花旺长在莲生的莲苑里。

可莲生只觉不够,直到他看到那占据一面大墙的"古莲"。"古莲"虽为化石,早已变作石头凝固在冰冷的墙壁上,却奇怪地有枝草缠蔓、花叶竞生的曼妙生动。虽无水漾风拂,却似乎又能枝叶生辉,花气袭人,仿佛枝干内有水声流动,仿佛叶能凝雨滴露,随风漾起飒飒声响。莲生这才知道自己对莲的想象早有根由:最好的,一直是自己还没得到的。

其实莲生看到的"古莲"是远古的海洋动物,博物馆本就是一家古海洋生物化石馆,里面陈列的全是远古鱼类和海洋动物化石,莲生看见的"古莲"是海百合,是生活在寒武纪时期的一种海洋生物。

这"古莲"却被莲生日思夜想,梦境里,那些"莲花"的影子不再是石上痕迹,而能活跃在他脑海里,摇曳于眼前,光彩熠熠。

莲生成了痴人,中了"古莲"的魔,却也有道,终得贵人帮助。莲生偶得几粒古莲种子。莲生举着密封在玻璃瓶中的莲子,珍贵赛过金珠钻石,莲生哭了又笑,说喜极而泣的泪都是甜的。

尝试种植古莲前,莲生请人画了张西施像,烧香礼拜,祈求传说中的荷花神保佑。

清明那天,莲生为古莲子小心破壳,种进陶盆,五天后生芽,移栽进莲塘,白天观瞻,夜晚徘徊,直到看见荷钱露出水面,在日里长,在雨里长,莲生的每一声心跳就是催促鼓舞的鼓点。

进入七月，第一朵莲花开了，白色的；之后又开了两朵，粉色的；三天后又有两朵开放，紫色的。八月莲蓬撑起，莲花结实；九月莲子渐老，从绿到褐到黑，由嫩到老。莲生从来没有这么清晰地感受过时间、季节、生命在一粒莲子上的轮转。

他觉得神奇、神圣、踏实又分外虚幻。

这一次，具体的生长叫莲生变得冷静。他收集古莲子，五个莲蓬，他分装在五个袋子。他确信来年，池里有荷花，心中有莲子。

这是一件踏实、美好的事情吧！

往后，那些古莲花也会和那些不古的莲花相遇，一节藕和另一节藕在泥土的深处相遇，一朵莲花和另一朵莲花借由风，借由蜻蜓在地上相遇，会枝叶交错，会发出飒飒簌簌的声响。一年又一年。

而眼下，莲生徜徉在他的莲苑，这里有莲的香气，有露珠和露珠彼此碰撞扑簌而落的声响，有风的剪拂，蜻蜓的振翅，有他对自己的喜欢和满意。

是的。就这样吧。

他叫庄子庆，他叫莲生。

怪 厨

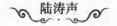

陆涛声

  民国初年,江南有个姓孙的厨子,得了祖传绝技,专做鱼肴。用鲤鱼能烧出上桌时满身火焰的"火龙",用草鱼能烧出像成串葡萄的"葡萄鱼",用青鱼能做出像朵朵菊花的"菊花鱼"……至于南北各地风味烧法,没有一样不精通的。他凭这身本事,在长江边的小城毗陵开了一爿鱼菜馆,既当老板又当厨师,烧三江五湖捉来的各种鲜鱼,迎南来北往各色客人。毗陵驿是苏南通往苏北的重要渡口,在《红楼梦》中贾宝玉与贾政最后一别便是在毗陵驿外。这里过路客多,尝了孙老板烧的鱼,都赞不绝口,有人说他烹做鱼肴堪称举世无双。他一开心,就叫裁缝缝制了一面长条旗幡,绣上"绝世鱼肴"四个大字,天天高挂在店门口。他的名声便不再仅在毗陵小城,而是扩散到大江南北。

  一天清早,孙老板开店门挂"绝世鱼肴"旗幡时,有个衣衫褴褛的老叫花子来到他面前,说无家可归,求他收留在店里当个帮工。他店里已雇了两个伙计,生意越来越兴隆,再添个把人手也不嫌多。可这老头儿蓬头垢面,瘦骨嶙峋,能做什么?孙老板想回绝,却又觉得可怜。行点儿善积点儿德吧!管他能做多少,即使养着他也没啥了不得,每天客官吃剩的饭菜供他吃就足够了。他当即叫个伙计找来一套干净旧衣裳,让老叫花子洗澡剃头。

那些字不会被风忽略

老头儿在店里过了一段安定日子,精神渐渐好起来。孙老板叫他专门烧火,他烧得认真、专心,锅里要什么火候,他就烧到什么程度,一点儿不出差错。他平时很少说话,难得说上一句两句,声音也很低,从来不提自己的身世姓名。

那绣有"绝世鱼肴"的旗幡每天早升晚降,本来是孙老板亲自动手,但店里事越来越忙,他见老叫花子做事笃实,就想把这事交给老叫花子。不料,老头儿不但不敢接受,还劝他不要再挂那旗。孙老板不开心,问他为啥。老头儿没有直接回答,只讲了个故事:

十年前,还是清光绪年间,扬州有个名厨,也是专做鱼肴,"火龙""菊花鱼""葡萄鱼"烧得都极出色,最拿手的绝技是烧"神仙鱼",人家吃了都想象不出是怎么烧出来的,竟有人传说他的手有仙气。他的名气越传越大,竟传到慈禧太后耳朵里。老佛爷也馋"神仙鱼"吃,金口一开,把他召进皇宫当了御厨。他在宫里,终年不能与家人团聚。这事还小,没满两年,无意中得罪了一个管事的太监,惹下横祸,冤落个想毒害老佛爷的罪名,便从宫中御膳房消失了。后来,有人说他被杀了头,也有人说太后身边有个好心的太监偷偷放他逃出了皇宫。到底生死如何,没人说得清楚。反正,连累全家老小遭了杀身之祸是确实的。

这故事,孙老板年少时也曾听父亲讲过,没想到这老头儿也知道。他父亲说那厨子是被杀了头的,"神仙鱼"的烧法从此失传,要不他也不敢挂出"绝世鱼肴"的旗幡。他听出老头儿讲这故事的意思,想听从,一时又放不下面子。他既不责怪也不强求,依旧天天自己挂和收。

一晃五年过去,老头儿已年过花甲。有一天,老头儿主动提出,他已风烛残年,故土虽没有亲人,但还是想叶落归根。他拱手深深一拜,感谢老板收留之恩。孙老板见他去意已决,便不再挽留,有心接济他一把,对他说:"要多少盘缠,还要点儿什么,只管说。"老人却说:"盘缠不计较多少,但要求临走前能痛痛快快地喝顿酒。"这点儿要求,孙老板满口答应,说:"你要吃什

么鱼？我亲自烧。"老头儿说他吃的鱼他自己烧，只要给他一条一斤重的鲜活鲈鱼。孙老板依了他。

第二天，老头儿打点好包袱，就动手在江上送来的一批新鲜鲈鱼里挑了一条，进了厨房。孙老板正忙，没顾上他。不一会儿，老头儿端了一碗酒和烧好了的鱼，在客堂的角落里一张空桌子边坐下了。那鲈鱼依旧是整条的，放在大菜盘子里，肚着盘底背朝天，头抬着，口微张，尾巴翘起，四鳍伸开，像在江河里游的神态，身子颜色还像没有烧煮过的活鱼。老头儿喝口酒，一直不动筷子夹鱼肉吃，只把嘴凑到鱼嘴上吮一口，像就着茶壶嘴饮茶。他喝着吮着，在旁边桌上吃饭、饮酒的客人看了，都当老头儿是个痴子，神经有毛病。

老头儿喝尽一碗酒，就拎起身边的包袱，也不向谁告别，自顾自出门向江边走去。那条鲈鱼还完完整整地伏在盘子里，还在散出一股淡淡的香味。好奇的客官们都围着桌子大惊小怪地议论起来，引来了老板，也引来了伙计。一个伙计说鱼肯定不是生的，他看见老头儿放到锅里去烧的。这个伙计想尝尝，用筷子轻轻一夹，鱼身竟就破了，原来只留有一层薄薄的皮和一副骨头，鱼肉已一丝都不剩。在场的所有人都惊呆了。

孙老板猛地想起，父亲在世时说到的"神仙鱼"好像就是这样。难怪那老头儿能讲出"逃出皇宫"这说法。他分明就是那死里逃生的厨师。孙老板原当"神仙鱼"烧法已经失传，想学根本没门。他恨自己粗心大意，名师就在身边，这么多年都没能发现。孙老板二话没说就冲出店门朝老头儿走的方向追去。孙老板到江边，不见老人，找人一打听，说是坐小船过江去了。他失望极了，悔恨不已。再细想想，老人既然不辞而别，这么多年没露身份，本就不打算将绝技再传给别人。即使追着他人，也未必能学到，便断了念头。

孙老板回到家，伙计交给他一张字条，是在老头儿吃过的鱼盘子下发现的，用毛笔写了两句话："虚名终是虚，绝招必绝己。"孙老板心里微微一震，望望挂在门口的"绝世鱼肴"旗幡，心一悸背一凉，随即把它降下，从此不再悬挂。

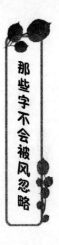

掌握时间的人

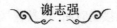

谢志强

上海知青钟建国开始插队落户，就失却了对时间的感觉，只分得清白天和夜晚。每天上工收工，都有集体户"革命户长"吹冲锋号。

集体户的上海知青，谁也没有手表，背地里，大家称革命户长是"掌握时间的人"。

革命户长是当地社员，由大队党支部指定他担任上海知青集体户的户长，大队称革命户长。上海知青当面叫他"老表户长"。老表户长是个"革命"的老头儿，有个儿子跟钟建国同庚。江西人称老表，带着亲昵的色彩。

下地干活儿，像冲锋。可是收工，老表户长也吹冲锋号，这也符合上海知青的向往——冲向宿舍吃饭、睡觉，毕竟又饿又累。

第一年"双抢"，老表户长带领十来个上海知青种二十来亩水稻田。抢收早稻种晚稻的季节，田里的水像在灶台上烧着一样，要沸腾了，而脊背有炽热的阳光烤晒。要脱粒、插秧，脱粒用禾桶（木材制作的大箱子，没顶盖），手握一把稻，用力在禾桶内侧甩。一天下来，手痛腰酸。

深山坳里，冲锋号响彻云霄。有时，天没亮，冲锋号就响了；有时，天亮了也不吹号。不吹，上海知青就不醒，仿佛夜晚延长了。

晚间，集体户开会学习，学习毛主席"最新指示"。钟建国趁机提了个问

题:"时间怎么好像由老表户长说了算?老是冲锋,盲目冲锋。"

老表户长回答:"雾大,我又没钟表。你们说我是掌握时间的人,其实,我掌握不住时间。为了准时,我常常睡不好觉,有时候,我让老伴儿燃香。我当兵时,出操开饭,就是听'冲锋号'。"

老表户长把集体户当成军营了。据说,他复员还乡,要了一个用旧的铜管号。

本身把握不住时间,怎么通过时间管理集体户?钟建国说:"接受贫下中农'再教育',其实,具体是接受时间'再教育'。"

老表户长说:"谁能掌握时间,我就把号子交给谁。"

钟建国发现,革命的老表,对时间也没了"革命"的劲头。他决定变被动为主动,就写信给上海的父母,要求寄一块手表,以便掌握山沟沟里的时间。一个月后,父亲寄来一个包裹,里边有一块"上海牌"手表,是在机床厂工作的父亲的徒弟贡献的。

钟建国说:"老表户长,有了这个,时间就不模糊了,今后,要按作息时间吹号。"

老表户长递上铜号,说:"今后你来管时间。"

钟建国故作谦虚,说:"我们是来接受'再教育'的,这个号我不能吹,也不会吹。"

老表户长拍拍胸脯说:"是我任命你掌管时间的,有什么问题,我负责。"

钟建国学了,还是吹不响号,他就喊。老表户长听见他喊,就吹"冲锋号"。好像接到他的命令那样,他发现老表户长恭敬起来,他知道不是对他,而是对表,那个小小的玩意儿,上了发条,竟不停地像磨那样转圈儿,表蒙子里显示着时间。

小小的山村,从此结束了没有计时器的年代。1978年,上海知青返城。钟建国要把在山沟里走了6年的手表送给老表户长。老表户长置办了一八仙桌的饭菜,他拉着钟建国的手,说:"掌握时间的人要走了。"

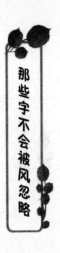

煤油灯将握着手的两人的身影投射在茅草屋顶,仿佛两个人轻轻地飘了起来。

钟建国说:"掌握时间的不是我,而是表。这手表,留作纪念。"

老表户长敬了酒,说:"现在几点了?"

钟建国看了看表,说:"再有一刻钟,就是零点。"

老表户长摘下墙上的铜号,对着敞开的门,吹响了冲锋号。

钟建国听见翅膀的拍击声,是院子中央的树上的鸟惊飞了。不过,恍惚中,他觉得那是一树梨纷纷飞起,飞向山沟上繁星闪烁的夜空。

第二天日出,钟建国听见了冲锋号,他扛起了行李。老表户长赶的牛车已在门口,他把铜号交给钟建国。

钟建国说:"不好意思,这么多年,我还是吹不好冲锋号。"

老表户长说:"带上,看见它就会想到我。"

返沪多年,铜号始终挂在钟建国床头的墙壁上。大概是幻听,钟建国时常听见冲锋号声,它随时会响起。

消 夏

魏 媛

中午,院子里热气蒸腾,平日老爱在院子里东啄西寻的几只芦花鸡,全钻进了后院的灌木丛下,给自己刨个浅坑,摊翅伸腿地贪点儿土湿气儿,院中破碗里拌的麦麸鸡食,谁都不肯去看一眼,连最擅长窃食的、让人防不胜防的麻雀,也不知躲哪儿去了。半大小狗四眼,仗着被人宠爱,死皮赖脸地贴地平趴在电扇下,跟人共享凉风。电风扇有些年头了,被无法抗拒的电力催逼着,老牛拉重车般缓缓地转动着,并不时"咯吱"一声,像是叹气,吹出的也不是凉风了,似乎带了人的肺气。

9岁的小志只穿一条短裤,光着上身侧躺在竹凉席上。屋外热气蒸腾,屋内电扇勉强搅起股股热风。小志对此几乎不介意,他睡得像只吃饱的小猪,红润润的小嘴微张着,挂下一道哈喇子,前胸和后背上汗津津的。估计白白嫩嫩的小志,就算躺在蒸笼里,也能呼呼大睡。

院子里"啪"的一声大响,小志的眉毛皱拢了一下,接着睁开惺忪的睡眼,从床上坐起来,怔了那么一小会儿,想起什么来,赤脚下地,找着远远甩到一边的拖鞋,把脚套进去,啪啪地向外走。四眼见小志出去,懒懒地轻摇摇尾巴,没有跟出去,仅用眼睛追盯着小主人。

　　小院墙头上,露出一颗顶着片大桐叶的圆脑袋,看小志从屋内走出来,挤眉弄眼地招呼:"小志,小志。"小志看着大桐叶下的小黑脸,有些不高兴:"谁让你给我家丢小炮了,弄这么大响儿,幸亏我妈不在家。"二明竭力踮起脚尖,尽量露出整个脑袋:"咱俩去村东大水塘里摸鸭蛋去。"小志不信:"有吗?"二明赌咒发誓地说:"骗你是地上爬的,我亲眼看到它们在水里下蛋。"小志来了精神:"我拿上小桶,咱俩悄悄去。"

　　四眼看小志提着小桶出去,也不懒散了,爬起来四肢轻捷地尾随在后面。小志回头看看四眼,笑骂:"狗东西,我干啥也瞒不过你。"

　　村东的水塘很大,但不深,夏季多雨,水面比平时阔许多,塘边杂草丛生,几株柳树的枝条披拂在水面上。酷热的天有这么一个大塘子,又有许多雪团似的鸭子浮在水面,顿感天地清凉。

　　小志和二明赤身裸体地扑进水里,狗刨、仰浮,扑腾得水花四溅,并伴着尖喊锐叫,惊扰得群鸭全靠边浮了。塘水温滑,人沉浸其中,酷热尽消。小志屁股上的红印,在水的冲洗下越来越淡,他却浑然不知,只管快乐得像条小鱼在水里窜游,连捡鸭蛋的事都忘了。

　　突然,小志踩到一个滑溜溜的圆东西,扎进水里摸出来,还真是一个白

生生的鸭蛋！两人头顶头惊喜地看着那枚鸭蛋，张大的嘴巴几乎能塞下它。他们用脚小心地试探水底，有疑似鸭蛋的，就捏住鼻子绷紧嘴巴，一个猛子扎进水里，撅露出的屁股蛋儿像鱼肚翻白，一闪就不见了。

一个又一个鸭蛋被他们摸出来，但也破碎了不少，以至水面上这儿、那儿漂浮着缕缕蛋黄。四眼兴奋地在塘边上跑来跑去，两人把破鸭蛋丢给它吃。他们捡了足有二三十枚鸭蛋，小桶都快满了，好像鸭群把蛋全下水里了。日影西斜，小志猛地想起屁股上的红章印，把脖子都快扭断了，也没有看到一点儿红色，发愁得直抓头皮："红章印洗没了，我妈准会把我屁股打肿。"二明仗义："这些鸭蛋全归你，你妈看见这么多，也许就不打你了。"

小志妈例行给小志体检时，小志不等妈扒他裤子，先提了一桶鸭蛋过来。他妈惊讶地问："哪来这么多鸭蛋？"

小志得意地说："从村东大水塘里摸出来的。"

小志妈恨声说："你又下水了？那些鸭子全是你胡爷爷的，他一个孤老头子，你倒去摸他的鸭蛋！走，一个不留地给你胡爷爷送回去。"

退休邮递员伊琳卡

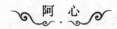

阿 心

　　我的邻居伊琳卡是个孤老太太,退休前是邮递员。没错,不同于中国,匈牙利有女邮递员,就是那种骑自行车走街串巷、送信送报的人。许是对自行车有感情了,别人饭后散步,她却骑着自行车遛弯儿。

　　自搬到小街,每到节日,我都送她小礼物,一瓶托卡伊葡萄酒啦,一盒椰蓉巧克力啦,甚至我们商店卖的女睡袍之类的,她都喜欢。收到礼物,她总是拥抱、布西(匈语:吻面颊)、致谢,然后,扫一眼房间:"喏,我送你什么礼物好呢?"君子不夺人之爱,望着她家大大小小的工艺品,我微笑:"不用不用。"她松了一口气,连说:"谢谢、谢谢!"

　　邮递员微薄的退休工资,勉强够支付伊琳卡一个月的吃喝和日常花销,我让她到我们商店买东西,说可以打八折。她挑了满满一篮子衣服,试来试去,问:"我穿这件好看,还是这件?"又对着镜子照来照去,然后一件一件地往外拿,眼神是那样不舍,像是与情人离别。付款时,只留下两件。我说:"你要是喜欢,给你留着,下月你发工资了再买。"她连忙赏我一个布西。

　　那年六月,伊琳卡家的樱桃熟了,一颗颗又大又红的樱桃叫人眼馋。周日,她唤我摘樱桃。那么一大棵樱桃树,反正老太太也吃不完,我索性拿了两个大塑料袋,边摘边尝。刚摘了一满袋,老太太忙说:"算了,差不多了

139

吧?"我脸红了,人家让你摘樱桃,许是意思一下,点到为止,自己却摘那么大一袋子,太贪。伊琳卡的脸比我还红,她轻声说:"我还要拿到菜场上卖。"人家老太太全靠卖樱桃补贴家用,我简直无地自容。

今年,不知何故,伊琳卡的樱桃颗粒无收,便摘了一小盒红红的覆盆子送我。我尝了一个,酸中带甜。许是觉得覆盆子分量太轻,她又拿出一瓶杏酱,说是自己做的。老太太的自制杏酱,比超市的果酱强一千倍,说不上好在哪里,就是喜欢。我盘算着如何还人情。

机会来了,我家的母狗虎妞怀孕了,伊琳卡隔着围墙招呼我:"待狗生了,可不可以送我一只小狗?"虎妞是德国品种罗威纳,小狗在市场上也能卖个好价钱。一窝好几只,送她一只无所谓,谁让我吃人家的嘴短呢!我点头应下了。

没等虎妞产崽,伊琳卡家就传来了汪汪的狗叫声。她在园子里拔草,一只白色卷毛小狗在一旁晒太阳。我不免吃惊:"伊琳卡,你买小狗了?"她说:"是啊。漂亮吗?"我说:"漂亮。"她说:"很贵,一万多福林哪!"价钱差不多是她工资的五分之一。

放着免费的狗不要,偏偏自掏腰包。况且,我家的是德国有名的看家护院犬,那小卷毛就是个跟屁虫,这老太太,傻呀?

"你不要我们家的小狗了?"我还是问了。她说:"我想了想,不合适。"我问:"为什么?"想必是她觉得罗威纳狗的市价不菲,不好意思要。

伊琳卡指着绿色铁丝围墙说:"妈妈在这边,孩子在那边,假如我是狗,会伤心的!"

我半天没说话。

从此,傍晚时分,伊琳卡的自行车前篓里,多了一个毛茸茸的小家伙。老太太骑车遛狗,潇洒自在的身影,成了我们小街的一道风景。

老 曹

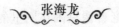

张海龙

老曹爱喝酒,老曹郁闷啊!

老曹是我们船上的机工长,俗称机头,负责机器设备日常维修保养,抢修突发故障。故障小,两三个小时修复的,还算好;四五个小时,就让人有些吃不消了。值班人员可以替班休息,老曹不行,老曹是机工长,必须坚持在第一线。时间久了,老曹也扛不住,55 岁了,油味儿闻多了还晕船。等故障排除了,老曹回到房间,浑身的油汗洗尽,已散了架,连望眼窗外是白是黑的念头都没有了。什么也吃不下,只有那一杯高度白酒能让老曹感觉还活着,还有盼头。

年纪大了、晕船,老曹郁闷。老曹更郁闷的是儿子,儿子读完大学,随着出国风,自费去了日本留学。

把老曹积攒的家底折腾得差不多了,三年期满,儿子不回来了。儿子求学期间去一家饭店打工,被饭店老板的女儿看上,两人谈起了恋爱。两人准备结婚了,老曹才知晓。老曹急了,那是日本人啊!尤其儿子吞吞吐吐说起,婚后要留在日本发展。老曹急了,找人帮忙订了机票,老伴儿也没领,直接飞去日本。

在儿子租住的公寓里,老曹劝了三天三夜。头两天儿子还耐心辩解着,后

来干脆闭了嘴，木着一张脸。老曹看透了这龟儿子的顽固，最后提议和亲家见个面吧！没想到第二天儿子捎回亲家的话：没时间，在日本没有这个规矩。老曹气得苦瓜脸上的青筋暴起，指着儿子，憋了半天才骂出一句："你个瘪犊子！"

亲家见不成了，见见儿媳妇可以吧。儿媳妇很听话，次日午后过来了，见了公公，又是点头哈腰，又是满嘴叽里咕噜的。老曹一句也听不懂，窘得面红耳赤，坐立不安，不敢正眼瞧。儿子在一旁小声翻译着，老曹也没听清几句。老曹弄不准，第一次见面，是不是得给儿媳妇塞个红包啊？没准备啊，更不懂这里是啥规矩。老曹像只困在网里的老龟，实在难受，忙朝儿子使眼色。看着儿子和儿媳妇手挽手有说有笑地出门走了，老曹瞬间泪流满面，这个儿子白养了！

不顾儿子哀求，老曹连儿子的婚礼都没参加，就返回了东北老家。老伴儿憋屈得倒在床上。老曹郁闷得要背过气，想不明白啊，自己辛苦养这么大的儿子，怎么变成了人家的上门女婿呢？培养儿子花了多少钱不谈，我们以后老了怎么办？儿子回国定居没希望了，我和他娘去日本养老可能吗？现实吗？就这么一个儿子，龟儿子啊，你留在日本，到底图个啥哟？老曹时常喝糊涂了，一遍一遍地问身边人，寻找答案。

儿子常年不回来，年中岁尾，会邮寄一些衣服钱财回来。后期还有孙子的照片。照片里的孙子渐渐长大，虎头虎脑，老两口儿对视着，老泪纵横。孙子5岁那年，一家三口回来过一趟，儿子给爸妈买了衣服，儿媳也准备了礼物，孙子屋里屋外满是新鲜，就是和爷爷奶奶不亲近。饭桌上，老曹拿瓶好酒，给儿子倒上，尊敬客人似的举杯碰杯。儿子没还原过来，不时站起，点头哈腰，时不时冒出一句日本话。老曹垂下眉角，嘴上不说，胃里却像是塞进了几个大凉馒头，堵得一点儿空隙也没有了。

儿子一家回了日本。老曹索性蜗居在船上，虽说晕船，时常累得像散了架，但说话的人多，活儿多忙乎起来啥都忘了。晚上，老曹喝一杯高度白酒，刺激一下昏睡陈旧的细胞，感觉日子还有盼头。

　　酒精总有消退的时候,老曹经常后半夜醒来。天亮前,老曹有时能睡一会儿,有时睡不着,满脑浑酱酱的不知在闹腾什么。老曹想制止,让它们都消停下来,但不管用。他的脑壳里仿佛镶了一台陈年播放器,画面中有蓄着小胡子的儿子,站得远远的、叽里咕噜不知说些啥的孙子,裹着和服的儿媳妇,萎缩病床的老伴儿,一遍一遍地独播给老曹。老曹不想看这些,老曹想找到播放器的开关,却怎么也找不到!

　　老曹火了,拳头攥得生响,连砸几记床板,霍地坐起,疯癫地怒视着黑暗中的一张张嘴脸。良久,老曹又把自己摔躺在床板上,哀叹一声,扯过大被,压在脸上,盖住时空,却没法阻住两道老泪悄然滑出眼角,滚落在漫长的黑暗中。

你来了，我高兴

赵 新

这天早晨，沟里村的高音喇叭响了两次。

头一次是村委会主任赵大壮做广播，时间是在清晨 5 点左右，人们正要起床但还没有起床的工夫。大壮 38 岁，身体强壮，嗓音嘹亮。他的广播唤醒了沟里村的山山水水，回声传来，到处都在替他说话。大壮很动感情地说："乡亲们，大家早上好，我是咱们村委会主任赵大壮！我昨天丢了一件东西，而恰恰这件东西丢失不得，丢了它我在这个夏天就要受罪，就得又憋又闷又得长热疙瘩。更重要的是，它有着非常珍贵非常重要的收藏价值，丢了它我就对不住咱们县的马县长，它象征着我们两个人的深情厚谊！所以不管是哪位乡亲拾着了，请您马上把它送到我的家里来，送到我的手里来。拾金不昧嘛，希望大家继承传统，发扬风格，真诚待人，多做好事，谢谢大家，谢谢各位！"

说呀说呀说了一大串，到底丢了什么东西，大壮只字没提。

第二次是沟里村普通村民赵凯做广播，时间是在早晨 6 点左右，人们都已经起床，或者有的人已经到地里忙活起来了。赵凯 58 岁，个头儿小，腰身瘦。他的广播不温不火，娓娓道来，倒也让大家听得清楚。赵凯慢悠悠地说："乡亲们，大家早上好，我是咱们村的平民百姓赵凯。我在昨天下午拾了

一件东西。东西虽然不大，却是我们生活中常用的东西，现在正是伏天，正是用它的时候。所以不管哪位乡亲丢了这个东西，请你亲自到我家里来拿；我不会给你送到家里送到手里，请原谅，我就是这个脾气！"

到底拾了什么东西，赵凯守口如瓶，只字未提。

但是大壮心里明白。听了赵凯的广播，大壮这样想，哎呀奇巧，我丢的东西怎么偏偏叫他拾到了呢？他是我本家叔叔，不但脾气倔认死理，还好哪壶不开提哪壶，揭人家的老底子！今年春天村里唱戏时，他赵大壮搬了把椅子端端正正地坐在舞台上看，他赵凯也搬了把椅子端端正正地坐在舞台上看。他劝导他："叔叔，您到台下看去吧，您这样就把乡亲们挡住了，大家会有意见的！"那老汉说："不怕不怕，上行下效嘛，你挡不住我就挡住啦？"他说："叔叔，咱俩身份不一样，我坐在台上是工作需要，是为了维护秩序，而您坐在台上……"那老汉说："你扯淡！你不就是为了显示你是村主任，身份特殊吗？告诉你，要想当好村主任，你得先当好一个老百姓，你先到台下坐着去！"

结果台下的乡亲们一齐鼓掌，势如暴风骤雨。

结果他把他的那把椅子搬到了台下。

大壮摇头感叹，遇上这样一个人，他会把东西送到我的家里来吗？不会！

那么自己去拿？不好！自己去了那老汉横挑鼻子竖挑眼，肯定又说难听的，肯定又让自己下不了台，肯定又是他有理！

大壮灵机一动，决定让二毛去拿。二毛聪明机灵，是大壮的小舅子。

他嘱咐二毛："一定一定要把东西拿回来，那东西是咱们县的马县长在咱们乡里当乡长的时候送给我的，很有保存价值和纪念意义。"他说："二毛，你想啊，马县长今年才四十多岁，前途不可限量，他以后说不定会到市里做官，会到省里做官呢！那时候我把这件东西亮出来，好家伙……"

二毛频频点头："姐夫，我明白，我明白。"

二毛表态说:"姐夫你放心,我保证旗开得胜,马到成功!"

遗憾的是,二毛没有得胜没有成功。二毛汇报说:"姐夫,对不起,该说的话我都说了,该施的礼我都施了,那老汉只认一个理儿,谁的东西谁去拿,谁也别想代替,谁也不能代替!"

大壮说:"兄弟,你没说马县长……"

二毛说:"说了说了,我都说了好几遍。那老汉说:'二毛,回去告诉你姐夫,他别用马县长吓唬我,这事和马县长没有半毛钱的关系!'"

大壮又让媳妇去拿。媳妇总可以代表自己。

可是媳妇也没拿回来。媳妇说:"那老汉很固执,认死理,他说有的时候我可以代表你,有的时候我代表不了你,也不能代表你!"

大壮问:"奇怪,咱们俩是夫妻,我的就是你的,你的就是我的,什么时候你代表不了我?"

媳妇回答:"那老汉讲,比如眼前这回事!"

大壮想啊想啊,想了整整一天,才突然有了感悟:那老汉的话说得又含蓄又有道理。

大壮想,豁出去了,我就亲自去拿,他说什么我都听着,哪怕他大发雷霆,哪怕他劈头盖脸,哪怕他扇我两下子!

大壮想,他是我叔叔,我是他侄子,在他跟前我乖乖的!

大壮是在当天晚上去拿他的东西的。月色明朗,凉风习习,有萤火虫飘飘悠悠飞过来,划出几道灿烂的弧线。赵凯老汉正好在院子里乘凉,见他来了马上起身,递给他一支香烟,又给他倒了一杯茶水。

老汉笑了说:"大侄子,我相信你会自己来。"

老汉又严肃地说:"你应该自己来。"

老汉把大壮丢失的那件东西双手递给他,然后说:"大壮,你来了,我高兴。"

那是一把纸做的扇子。

爹非要这么着

赵　新

　　腊月二十八，我跟着爹去赶年集。我八岁，是村里小学一年级的学生。爹四十八岁，名叫赵清和，是村里最普通的庄稼人。

　　爹担着两只筐，筐里装满了白菜，要到集市上去卖。我空着手，尾巴似的跟在爹的身后，紧跑慢跑，还是跟不上爹的脚步。小路弯弯曲曲绕在沙滩上，路面暄暄的，走一步陷下去，走一步陷下去。爹的担子沉，担子吱吱地响，哼着一曲沉重的歌；爹的脚步也沉，深深地陷进沙窝里，也是吱吱地响，也是一曲沉重的歌。走了五里路之后，我看见爹的脖子里有了明晃晃的汗水，冒着丝丝缕缕的热气，而我们还必须再走五里路，才能到达集市所在地史家寨村，才能卖掉白菜，才能给我买一双新鞋，才能买回过年用的东西，例如鞭炮、年画等。

　　长这么大，我是第一次跟爹赶年集。爹本来不想让我跟他一块儿去，说我个头小，身体弱，天气冷，冻坏了可不是闹着玩儿的，起码年过不好。可爹又高兴我在学校考了第一，语文和算术都得了100分，所以想奖励我一下，就同意了我和他一块儿去赶集。我想，寒冬腊月，爹的身上既然冒汗了，他一定很累很累。我跑到爹前头，立在路边说："爹，咱们歇会儿吧，天气还早呢！"

爹看了一眼已经高高升起的太阳,笑了:"小子,你累了?"

我说:"爹,你累了,看你脖子里那汗。"

爹用手随意在脖子里抹了一把:"小子,不敢再耽误工夫了,咱们还要卖东西,还要买东西。咱接着走吧,爹不累。"

爹又走在了前面。爹挑着的担子咯吱吱,咯吱吱;爹的脚步咯吱吱,咯吱吱。爹告诉我他总共挑着 22 棵白菜,前边筐里 11 棵,后边筐里 11 棵,两筐白菜加起来,大约有 120 斤左右。我想,也许是因为挑得太多太重了吧,所以爹的担子和脚步都很受委屈,所以一齐诉苦,所以一齐咯吱咯吱乱咯吱。

所以爹就淌汗了。

爹怎么会不累呢?爹除了起早贪黑地在地里种庄稼,还要在家里推碾做饭、缝补浆洗。昨天夜里爹给我补棉袄,油灯如豆,灯光迷离,在一片似有若无的昏黄里怎么也纫不上针,爹的眼里就有了泪水。我问爹:"为什么就哭了呢?"

爹摇了摇头,长长地感叹一声说:"小子呀,别问了,你爹没出息,没出息!"

后来我就睡着了。后来我就听见鸡叫了。

鸡叫的时候我们家里还亮着灯,爹还在给我补棉袄。

爹怎么会不累呢?

正想着这些的时候,爹大声喊道:"小子,好好走,小心脚下的渠沟!"

我低头一看明白了,原来小路又从沙滩上绕到了山根儿,路面上有道浇地用过的渠沟没有用土填平,需要跳一大步才能过去。爹担着担子使劲儿向前一迈,渠沟是跳过去了,可是一颠一颤,从后边那只筐里骨碌碌地滚下一棵白菜来。白菜正好落到了渠沟里,爹回头看了一眼也没有发现。

我跑上去把那棵白菜抱了起来。我不想让爹知道他掉了一棵白菜。

怕爹看见,我把那棵白菜用双手托在背后,就像倒背着手走路一样。而且呢,我还和爹保持了一定距离。我希望爹再丢一棵白菜,再让我给拾起来。

数九寒天,滴水成冰,野地里的风像刀子一样削我的脸,削我的耳朵,当然也削我的手。没有那棵白菜,我还可以把手插进兜里,蹦蹦跳跳地走,这样暖和一些;有了这棵白菜,哪只手也不能放进兜里了,托着它就像托了一块冰凌(抱在怀里怕爹看见),简直凉到了心里。我咬着牙往前走,离集市还有二里地,还有一里地,还有半里地……

爹回过头来问我:"小子,你累了吧?"

我摇了摇头:"爹,我不累,我又没拿着东西。"

爹问:"不累你怎么跟不上我?"

我想到爹要在年集上给我买一双新鞋,急忙回答:"爹,我的鞋破了,不跟脚。"

我是在到达集市以后把那棵白菜交给爹的。爹赶紧用他那双大手捧住我的一双小手,呼呼地给我哈了一阵热气说:"小子,你看你的手都冻红了,冻僵了!"

爹跺着脚说:"小子,你要是冻出个好歹来,这年咱们怎么过?"

爹又点着我的脑门儿说:"你傻啊,我筐里掉了白菜,你为什么不言声?这棵白菜少说也有十来斤……"爹的眼睛红了,泪光闪闪的样子。

我说:"爹,你挑的担子太沉了,我想替你分担一点点儿,可是只掉下来一棵,所以我能拿得动。"

那一天我是被爹担回家里的。爹的一只筐里装了年货,一只筐里坐了我。我不想这么着,怕人笑话;爹非要这么着,说没人笑话。

路上有人问爹:"赵清和,你这是唱的哪一出啊? 八九岁的孩子,不会自己走吗,你还担着他?"

爹回答:"他叔,哪个孩子不是在爹娘的怀抱里长大的? 这孩子从小没了娘,我愿意担着他——担着他我心里舒服。"

按公历说,那是 1950 年春节前的事情,我记得非常清楚。